さよなら
サンシャイン

MASUGU Kei
真直 圭

文芸社

たった一枚、小さな写真がありました。

昭和三十年代前半のものと思われます。セピア色のそこには提灯袖の白地ワンピースを着た四歳ぐらいの私と、裾丈の長い柄物の袖なしワンピースをまとったまだ若い母と、その母が抱いている白地の袖なしワンピースを着けた三歳違いの妹が写っています。三人は生家南の縁側に座り、母は整ったウエーブの短髪にきれいな笑顔、妹は撫でつけられた真っ直の前髪に愛らしい笑顔で写っています。なのに私だけが額は丸出し、髪の毛はくしゃくしゃ、鼻根に皺を寄せ、上目遣いの睨むような形相で写っています。おまけに私だけがずいぶん日に焼けています。どんな時に撮られた写真なのかは覚えていません。カメラマンに敵意を剥き出した瞬間なのか、照れの裏返しの必殺ポーズなのか、全くわかりません。

笑顔のきれいな若い母は、洗濯物を干しながらよく英語の歌を歌っていました。

ユーアーマイ　サンシャイン
マイオンリー　サンシャイン

この歌が私の耳にはもっともよく残っています。幼い私も一緒になって、

ゆーまーまー　しゃんしゃん

まーおんにー　しゃんしゃん

と、大きな声で歌っていたようです。日当たりのよい東南の庭で、楽しそうな母を見て、きっと私も楽しくなっていたのでしょうねえ。

あ、また本筋から外れてしまいましたよ。ごめんなさい、それどころではありませんでした。さて、さて、私のアルバムはどこに行ったのでしょう。事件、事件、大事件。ああ、ああ、父や母、妹、生家、そして生家の広い山林や田畑、それらを懐かしむアイテムがどこにもないのです。この前からずっとそれを捜していたのですよ。あら、ま、ほほ。……とっくに片付けちゃったのかもしれませんね。そう、そう、ずいぶん前に。もう必要ないからと、バサバサ処分したことがあったかもしれません。それも、一度や二度ではなかったかもしれません。もうね、あれもこれも、忘れていくのですよ。時には、忘れたことすら忘れてしまいます。ふう、困ったものです。

ああ、それにしても写真は本当にすてきです。写真は、一瞬を永遠にしてくれます。喜びも悲しみも、永遠になっていきます。私の命よりも長生きをします。

あ、ああ、ミヤです。私、ミヤと申します。愛猫のスウちゃんは「ミャーさん」と呼んでくれます。あ、でも本名ではありませんよ。実は私、アンドロイドなんです。ミヤというのはアンドロイドとしての名前です。アンドロイドになったのが三月八日なので三と八でミヤ。アンドロイドミヤ。え、大丈夫か、ですって？　ほほほ、頭はいたってしゃんとしているから気にしないでくださいな。

ああ、アルバム、やっぱり見つかりませんねえ。この頃、なぜだか無性に子どもの頃だとか上昇志向で活動していた若い頃のことだとかが懐かしくなってたまらないのですよ。その頃を振り返ってみたい、ゆっくりと辿ってみたい……。でもね、何もないのです。

仕方がないから目を閉じて、脳裏にストックされているおびただしい数のアルバムをめくって、おびただしい数の写真を眺めては追憶に浸っています。だけどね、静止画像である写真をついつい連続させて動画のように組み立ててしまいます。すると、実際とは違うストーリーにアレンジされて、果たして本当にそうだったかしら？　と思うような怪しいパラレルワールドができあがってしまいます。ほほ、それがまたとてもおもしろいのですけどね。

ところがどうしたことか、楽しかった場面、心地よかった場面よりも、なぜこの場面が？　と思うような苦々しい場面、嫌悪すべき場面に自然と心が連れていかれます。不思議なことです。これはその《時空》に降り立って、もう一度ゆっくりとなぞってみなければなりません。そうすれば、見えていなかった景色が見え、聞こえていなかった揺らぎが聞こえ、その謎も解けていくのかもしれません。この睨みをきかせていた少女のそんな写真を一緒に、あなたも眺めてみていただけますでしょうか。ねえ。

＊＊＊

半世紀族の仲間入りをしたばかりの初秋、父が亡くなった。早朝、山陰に住む母から電話があった。父が退職後、血管系の病気で入院し、その後ずっと通院しているのは聞いていた。だが、さらに腎臓を患い、身体障害者手帳をもつ身になっていたという話はこの時初めて知った。

昭和二年生まれの人だから「昭 二 人」の三文字を組み合わせて昭夫《てるお》と名付けられた。そこから八十年足らずの人生。最後まで間の悪い男だと私は思った。翌日、職場では私が指揮を執らせてもらえる重要な行事が控えている。この日のために綿密な計画を立て、時間をかけて準備を進めてきた。なのにその場に立ち会えない。いくらなんでもそれはない。

出勤してすぐ、身内に不幸があったと告げると、校長はいつものへらへら笑顔を引き締め、代理を立ててから休みを取れと言った。その行事というのは広域の学校から管理職と教員の二名ずつが参加し、遠方からの講師も招いて開催する研修会で、全体像を把握しているのは校長と私だけで、さらに詳細を把握しているのは私一人であったため、会の目的・議題・進行方法等々、難しい引き継ぎとなる。同僚は、身内の不幸には何をおいてもすぐに帰らせるのが当然なのに横暴な上司だと憤ってくれたが、さすがに自分でもすぐには帰れない状況だということは判断できた。ただ、校長の態度に頼りなさを覚えたのは言うまでもない。

授業の合間に代理ができそうな人間を探し、交渉をし、並行して会場準備と作成した資料の確認をし……、代理が正式に決まって引き継ぎが終了したのは夜も九時に近かった。日頃の勤務終了とさして変わらない時刻である。職員室の鍵をかけ、セキュリティをセットして玄関を出ると、駐車場には定期点検から返ってきた大型車が丁寧に駐められていた。この日は朝から車もなかったのだった。

翌朝、行事を代行してくれる教員と電話で最終の打合せをしてから、国道３１５号の始点を出発し、昼前、生家に着いた。刈り終わった田圃の中程にある仮駐車場に車を駐め、そこから家を見ると、内外を近所の人や葬儀社の社員と思われる人たちがせわしなく動き回っていた。庭で父の使っていた電動カートを軽トラックに積み込んでいる人もいる。玄関に向かいながらその人に軽く会釈をすると、相手も会釈を返し、

「これ、持って帰りますね。じいちゃん、この前会った時には元気だったのにね。ちょうど、これの様子を見に伺ったところでした」

と、私が身内の者かどうかを確かめもせずに言う。お世話になりましたと一礼してその場を離れ、通夜の準備がなされた玄関に入ると、障子や襖が取りはずされていて東の和室の神棚が白紙で覆われているのが、まず目に入った。仏事なのでそうしてあるのだろう。神棚の下には北の和室の仏壇に頭を向けた棺桶が置かれていた。線香の匂いが履物で埋め尽くされた玄関の三和土まで流れてきて溜まっている。自分の家とはいえ、日頃と違う状況の中で、どこに荷物を置いて一息つけばよいか考えていると、北西の台所からいくつもの足音がこちらに近づいてくるのが聞こえた。

「おお、やっと帰ってきんさったか」

年季の入った女性の高い声がそう言った。やってきたのは、近所のおじさんやおば

さんたちだった。そのまま私は、私の到着を待ち構えていたこの人たちの険しい形相に取り囲まれ、さんざんに罵られることになる。日頃は甘く優しい言葉をかけてくれるおじさんやおばさんが、聞いたこともない怒りに満ちた声で自己主張を始めたのである。

「車でどれぐらいかかるんか？　……はあ？　三時間。アメリカにおるわけでもなかろうに、昨日のうちに連絡しとるのに、なんで帰ってくるのが遅いんか？　のお」

ヨシオだ。母と同い年のヨシオが上がり框《がまち》に突っ立ってリードをとっている。そこに、

「ほんと能天気ちゃ、ゆっくりし過ぎっちゃ。のお」

甲高い声で追従する隣家のおじさん。すると、

「いや、お気楽いうもんじゃろ。誰かがやってくれる思うとるけ、ゆっくりできる。おかげでワシら、指図する者がおらんけ、動こうにも動けんがね。のお、のお」

七十を過ぎた母より四、五歳年上のおばさんが頭の手ぬぐいをとり、顔を左右に動

かしながら周囲の同意を求める。周囲は、そうじゃ、そうじゃ、と頷きを繰り返す。母より少し若いおばさんもひときわ大きな声で、そうじゃ、それいね、と頷き、

「お母さん一人で困っちょるのに、何もせん。だいたい長女というもんは、何をおいても急いで帰ってきて家のことをするもんじゃ。のお。長女でおらせてもらっとるんじゃけ、ありがたく思うて。のお」

と、歯間の汚れを見せながら、胸を張り、早口で講釈を垂れる。その横で、母と同じ職場にいたシズコが、たった今台所から抱えてきた真鍮色の大鍋に目を落としながら、新しい話題を添える。

「お父さん、何を食べとったんじゃろ。あんたあ、知っとるんかね?」

周囲に同意を求める「のお」はなかったが、当てつけのようにそう言うと蓋を取り、鍋を傾けて中身をみんなに見せる。多少饐《す》えたような、白い膜の張った鍋の中身に、本人も周りの者も一斉に鼻を背ける。

「まあ、皆さん、この家のやり方を黙って見ていましょうや。のお」

鼻水を啜りながらヨシオが「のお」を強調して話に句点を打つ。

最初から黙っていればよかったものを、わざとらしく、なんのために論《あげつら》うのだろう。母はいざという時にはすべてを頼めるように、地元の葬儀社の会員になっていた。それを誰かが社員に向かって、この土地のやり方でやるからここから先は手出しをするな、と言ったらしい。社員は伸ばした前腕を腹の前で重ねて近寄り、申し訳なさそうに私に告げた。余計なお世話をするのも、この土地ならではの親切心らしい。冗談ではない。今の時代、なんで他人の家のやり方に口出しをするのだ。それに、この家のやり方を黙って見ていようというヨシオの捨て台詞とはまるで矛盾しているではないか。守旧派のやり方が二十一世紀の今なお、幅をきかせている現実には嫌悪以外の何ものもない。

私が幼い頃から旧家のお嬢さん、時代が時代ならお姫様だ、と甘い声をかけ続けてくれたこの人たちの、これが真の顔だったのか。家に男がいなくなったとたんに剥き出す本性だったのか。さんざん罵詈を浴びせた割には、通夜葬儀の執り行い方などには一言も触れてくれない。私にはこの人たちの求める形や行為というものがどのようなものなのか、推し量りようもなかった。

やっとのことで居間に辿り着くと、そこに集まっている父方の親族も同類だった。母に向かってさんざんなことを言い散らしている。この時とばかりに雑言を並べ立てる。家の跡取り娘なのに養子に入った夫の葬儀の采配を振ることができない、その愚かさを突きたいだけ突く。そうかと思うと子どもを産んだあと公務員として働き始めたこと、町場の奥様みたいにスカートをはくこと、若者が歌うような歌謡曲が好きなこと、中年太りをしたこと、五十を過ぎて車の免許を取ったこと、そんなことまでもち出して非難する。言われるのはわかっているのに、母は一人では何もできないから薄ら笑いを浮かべて頼る。それを今度は、あんたら子どもが当てにならんからじゃ、と私にぶつけ始める。こんな時に冷静さを失ってどうするのだと思ってみても、みんなで一斉に頭に血を上らせているのだから収まらない。こんな人たちだったたのか、あの父の親族だからこうなのか、と改めて親族という安直な繋がりを呪う。結局、最後まで私が遅れて到着した理由を訊いてくれる者などいなかった。
父がこんな時に死ぬからだ。貧乏になっていた家に金を運んでくれる「親戚のおじさん」なら、最後までそれに徹してくれればよかったのだ。父のせいで私はせっかくの好機を台無しにした。今日の今、私はここにいるはずではなかった。そのことは、もう考えたくもない。母も母である。父のもっとも近くにいた人間が冷静に事を進めればよいだけのこと。なのに、なぜ私にまで攻撃を集中させるようなことをするのだ。いったい死とはなんなのだろう。悲しみよりも怒りが勝る死とは、全く幸せな死ではあるまい。まあ、父とはこれで縁が切れるのだから、少しは我慢ができるというものだ。

この時、いたずらに頭を巡った死という語の響きが、幼い頃耳にしたシズコの長女の死を連想させた。何十年も腑に落ちないままの、毛糸くずの塊のようなもやもやを晴らさずにはいられなくなってしまった。

訊くなら今だとシズコを捜した。シズコは台所の外の洗い場にしゃがみ込んで、束子であの大鍋を洗っていた。

かつて小さな庭だったその場所には、鯉の泳ぐ池があった。裏山から湧き出る水の中で気持ちよさそうに泳ぐ鯉の姿を毎日のように私は眺めていた。今、鯉は隣家の池に移され、池は井戸に姿を変えてコンクリートの蓋で覆われている。山の小さな窪みの部分には足元から二メートルほどの高さまで石垣が組まれ、土壌の崩落防止対策がなされている。その石垣の上の小さな平地では梅、赤梨、夏蜜柑が根を張って、根はしっかりと土をつかんでいる。石垣の隙間からは沢蟹が時たま現れ、洗いこぼしの飯粒を鋏でつまんで口に運んでいる。

母より一歳年下のシズコの日焼けた顔には、斜めに横に縦に葉脈のように小さな皺が刻まれていた。シズコは突然目の前に立った私を見上げて、何事かあ？　と胡散臭そうな顔をした。朱色の脚の沢蟹がシズコの踝《くるぶし》の近くを走って抜ける。

「おばさんとこの長女のことなんじゃけど、生まれた時、すぐ亡き者にされたと聞いたが、あれはどういうことなん？」

単刀直入に訊くと、鍋を洗う手が止まり、顔つきが俄に険しくなっていく。

「なんのことかね」

突き放すような言葉を返し、目を逸らす。

「おばさんとこの長女は、誰かに殺されたんかね？」

シズコの黒目がにゅるっと上に寄り、私を睨む。

「誰に聞いたんかね」

低く敵意のこもった声に怖いと感じたが、両手の指を折って拳を作り、肩をいからせ、上半身に力を込めて言葉を待った。

「誰に聞いたんか？」

もう一度シズコは低い声で凄んだ。みんな言っとる、もちろん嘘だがそう返すと、いつから？　と訊く。私がまだ保育園に通う頃からだと答えると、うーと小さく唸る。最近も聞いたことがあるかと問うので、ない、と答える。すると、絶対言うたらいけんぞ、と語気を強める。

しゃがんだままの姿勢で、シズコは短くこんな話をした。

女子《おなご》の生まれる家はいずれ滅びる。奥山の三姉妹の家も滅びて、茅葺き屋根の大きな家も文字通り腐って滅びてしまっている。殊に最初に女子が生まれると縁起が悪いと言われ、周りからも疎んじられる。だから生まれてすぐ爺様が山へ捨てに行った。だが婆様はすぐにその子を拾って、前々から話を付けておいた人のもとへこっそり預けに行った。その話を聞いたのはずいぶんあとのことで、どこに連れて行かれたのか、その後どうしているのか、まるでわからない。当時は死産……だったと聞かされていた。

「死産」と言ったところでシズコは声を詰まらせ、涙を浮かべた。

私が生まれた時、祖母が
「あ、女じゃ」

と失望の声をあげたと聞いたが、それはそういうことだったのだろうか。長女で生まれた私も捨てられるところだった。でも私は捨てられなかった。家には捨てに行く爺様が既にいなかったからかもしれない。言われてみれば確かに集落には男の子が多い。どの家も男ばかりの兄弟か長子は男で、女子だけの家は三姉妹と私の家だけだった。何も知らない私は多くの男の子に混じって粗野な言葉を使い、大将になって荒々しい遊びをしていた。

結局、私一人で葬儀の切り盛りをすることになった。母はほとんど行動せず、おとなしくしている。私より遅れて着いた妹は、実家のことは長女がやるもんじゃろ、とお客様気取りで夕方には夫婦でそそくさと近郊のホテルに泊まりに行く。夫は他人事《ひとごと》感覚で、御案内がなかったからと初七日まで姿を見せることはなかった。本当に役立たずの集まりだと、怒りを通り越して情けなくなった。おかげで棺桶の中の父を見たのは一度きりで、なんの感傷も感慨もないまま時は過ぎた。

唯一の救いだったのは、通夜の晩、長年親交のある狸一家が訪ねてきてくれたことだった。母と私だけになった家の裏山に、台所の淡い光を受けた十《とお》の目が並んでいた。

「お通夜に来てくれたの？」

そう尋ねると、母狸が神妙な顔をしてみせた。

「ありがとね。少しだけど食べてくださいね」

シズコが洗ってくれた鍋の蓋に通夜振る舞いの煮物を入れて狸たちの足元に置いた。

翌朝見ると、厚揚げも大根も里芋・蒟蒻・昆布・人参・牛蒡も全部きれいになくなっていた。三匹いた今年の子どもたちは、独立の時期を迎えている。


県下でも珍しい二学期制中学校の職場は前期終了時にかかり、定期試験を控えていた。そのため、葬儀を終えて通常の職務に戻ったあとも授業だけは一時間たりとも潰すことができず、学校の中にいながら、わずかな休息時間を利用して生家近くの進物店へ香典返しの注文をし、四十九日の計画を立てた。その四十九日の朝も、母に頼んでおいたお寺様への御案内ができていなかったことが発覚し、大騒動勃発。またもや聞きたくもない親族・近隣住民の罵声を浴びることになる。

敵に豹変した周囲には相談する相手もなく、その中で事を進めなければならなかった私は、自宅と生家を何度も往復する車の中で、つい中学生の次男・浩紀《ひろき》に愚痴をこぼしてしまう。

「じいちゃん、イヤミかねえ？　お母さんの誕生日なんかに死んでしまって」

すると浩紀は実にゆったりと答える。

「誕生日プレゼントだろ」

「へ、プレゼント？」

「母さんいつも、クソじじい、はよう死ねって言ってたじゃない。だから、じいちゃんはちゃんと考えて、母さんの誕生日を選んで死んだんじゃないの？」

あ、……なんて鋭い捉え方をしているのだろう。中学生になり、上級生からの虐めやからかいが原因で登校を渋り始め、相談した教員からはピントのずれた指導をされ、相談機関へ行けば発達障害だと言われ、ついにはどこにも行かず家にこもるようになってしまった。生家に行く時は必ず連れて出たが、いつも何を考えているのだろうと心配していた。だが、他人の言葉や行動をじっくりと観察しているではないか。言うことにはそれなりに筋も通っている。そう考えると片道三時間の長距離ドライブは、彼の脳内にたくさんの瘡痕を残してしまったかもしれない。国道３１５号のドライブはいつまで続くことか、少し気の重い旅のように思えた。


追いかけるように母が調子を崩した。

四十九日の法要が終わった頃、母一人になった生家に仏前の酒めあてに入る人がいると聞いたこともあって、我が家近くの段差のない高齢者施設を選んで入所させた。それから一年近くが経った日のことだった。

医師が経営する施設だったこともあって、部屋に機械を運び入れ、大がかりな治療が始まった。母は弱りきり、長期介護休暇を取った私が昼間からそばにいることにも疑問を抱かなくなっている。

「何をしとるの、仕事の時間じゃないの？」

生家近隣の人たちとは違って私の仕事を最優先に考えてくれていた母の、そんな言葉が出なくなったのはいつのことだっただろう。父を二十年近く看病し介護し、重圧から解放された時にはみずからが大病に侵されていた。すっかり老いて、実際の年齢からは考えられないほど老いてしまって。父のせいだ、父が長患いをしたせいだ。私は母に自由を与えなかった父をずっと憎んでいた。病床の母を見下ろしながら、母は何月何日を最期の日に選ぶのだろうか、また九月だろうか、私の誕生日だろうか、と考えなくてよいことを考えていた。

それはまた、ちょうど自分の企画実践した教育活動が大臣表彰を受けたばかりの時期でもあった。仕事はおもしろいほど軌道に乗り、軌道を越えてさらに高いステージに向かっている。なのに、後ろから全身をがっしりと羽交い締めする何者かが気配を大きくしていた。一歩前に出ようとすれば、その足を強い力で引っ張り返そうとする何者かが存在している。

時を同じくして高校生の娘、真萩《まはぎ》まで病気がちになった。真萩の場合は部活動の担当顧問と部員からおおよそ考えられないような言葉の集中砲火を浴び、それが原因で精神に不調をきたし、体調にまで不具合が生じるようになった。周囲からは訴えてやれ、と強く言われたが、それはしなかった。弟と併せて病院通いの回数は一挙に増え、生活に少しずつ罅《ひび》が生じようとしていた。

介護休暇が明け、再び重責を担う日々をかろうじて送っていたある日の放課後、スカートの裾のほつれにも気づかずにいた私に、同僚が裁縫セットを出して直してあげると言ってくれた。まつり縫いだと何かの拍子に引っかかって糸が切れやすくなるから、並み縫いにしておくよ、と前置きし、待ち針で布を止めて、ゆっくりと縫い針を動かし始めた。修繕する手をじっと見ている私に、その人はいろいろ言った。

「どうしたの？　らしくないわね。どうしたっていうの？」

「仕事に飽きたの？　疲れているんじゃないの？」

――ん……、そうかもしれない。

――確かに今の環境から抜け出したい。無性に心がもがくようになっている。

――この岩屋のような生活から出られなくなってしまっては遅い！

――脱出できるうちに抜け出したい！

――平日の真昼、青空の下で光る海を眺めたいなあ。

――ムンムン臭う腐葉土の上をゆらゆら歩きたいなあ。

「あのね、山椒魚じゃあるまいし、その、岩屋の正体はなんだっていうの？」

誰に言ったわけでもない独り言に、その人は突っ込みを入れた。

「……なんだろう。……わからない」

「岩屋から脱出するって、この仕事を辞めてしまうってこと？」

「……そうかもしれない」

「それだけは、やめて。あなたは有能な人だし、若手の指導にも欠かせない存在だし」

「……ん」

「ここまでやってきたのに。なんとか我慢できないの？　どうにかならないの？」

「……ん」

「まあ、あなたが何を言っても聞くような人でないことは、よくわかっているけど」

「……私って、そんなふうに見られているの？」

「今更何言ってるの。自分でも言っていたじゃない、私は頑固で一途な人間だって。確かに、その思い切りのよさは女にしておくのがもったいないと思うこともあるぐらいよ」

女にしておくのがもったいない？　私が？　思い切りのよさなんて女も男も関係ないのに。女だから特別変わって見られる？　実におかしなことだ。頑固で一途、そんなことを言ったかもしれない。そうだったかもしれない。でもそれは、大きな目的があればこそのことで、むやみやたらに頑固を振り撒いていたわけではない。求めるものがあり、進む方向がわかっていればこその頑固であり一途だったのだろうに。だがもはや……失望、喪失、虚無。

年も改まって四月、大きな工場や高層ビルの立ち並ぶ街なかの学校に転勤が決まった。着任したばかりの学校は、山陽だというのに山も太陽も見えやしない。かつて満ち溢れていた未知に立ち向かおうとする力強いエネルギーは、私の中にはもう一ジュールもなかった。着任から一カ月も経たないうちに、私はこの新しい職場が嫌いになった。

「すみません、またやってきました。ちょっとお話ししたいことがあるんですが」

ほぼ毎日学年職員室にやってくる男性は、一緒に転勤してきた別学年担当の英語科教員だった。中堅どころの、今後職場を背負って立つことを期待されている優秀な人物である。そんな人物が毎朝、出勤拒否を起こしているらしい。とにかくこの職場に来たくない、理由は部活動にあると言った。よい成績を渇望している運動部を任され、朝は暗いうちから家を出て早朝練習、放課後は延長練習までして頑張っているのだが、保護者たちがたびたび見学にやってきて、指導の仕方が甘いだの、選手の起用の仕方がまずいだの、異口同音にまくしたてて帰っていくのだそうだ。転勤したてで教室の配置や学校の方針も理解できていないうちから部活、部活とまくしたてられると、生活リズムも体のリズムも狂って、どんどんやる気が失せていくと言うのである。

別の、若い理科教員は訴えた。

「学年主任の考え方がこれまでとは百八十度違っているので、混乱して嫌気がさしてきました。けばけばしいお化粧も鼻につきます。襟ぐりの大きなインナーばかり着ていて、少し屈めば下着の中まで丸見えです。あんなの生徒の前で着る感覚というか、感性が理解できません」

主任の人間性の問題なのか、そういう乱れを放任している学校なのか、私に調べてほしいとまで言い出した。彼女も、こんな学校、もう来たくもありません、毎日校門を通るだけで具合が悪くなって吐き気がします！　と声を荒らげた。

また、私と同年代の、近くの中学校から転勤してきた社会科教員は、眉間に皺を寄せ、眼鏡を外したり掛けたりしながら冴えない表情でぼそぼそ呟いた。

「前々から変わった学校、やりにくい校風、保護者が過剰に積極的な学校、と聞いてはいましたが、初日からそれが本当だと実感しました。やれやれ、とんでもないところに来たものです。

実は、次期教務主任になる心準備をしておくようにと言われたんですが、荷も重いし、それより前に気が重いですよ。先生もお気づきのことが多いでしょう。これから、いろいろと相談させていただきますよ。

さっそくですが、給食、昼休憩、午後の授業開始までの時間配分、これ、かなり無理があると思われませんか？　生徒も私たちもトイレに行く時間すら取れない。しかも、トイレの場所が遠すぎる。これ、虐めですよ」

こうした自分と似た思いをもつ複数の同僚の悩み相談相手にされるのも苦痛だった。それまで長年勤務してきた学校にもそれなりに難しさはあった。あったが、化け物のような困難に挑んでいくのがおもしろくもあった。だがそれらとは違って、この学校はそもそも学校の体を成していない。学校全体に赤黒い傷口の毒々しさと灰色の疲弊感が漂い、立ち直りようのない末期症状に陥っている。その雰囲気がやる気を萎えさせる。聞けば、そうなってしまう理由があるのだということがわかった。だからといって、許容も妥協もしようという気など全くなかった。その理由とされることにいつまでも拘っていることのほうが間違っている。

それだけではない。少し前に入院した母の病院に行きたいのに、勤務終了時刻になっても帰れないことが苛立ちを増幅させた。前任校で自分が学年主任をしていた時には、保育園のお迎えをするお母さん教員にわざと、

「あら、まだいたの。こんなに遅くまでいたらいけないでしょ、早く帰らなきゃ」

と声をかけて帰らせていた。なのにこの学校では家人に病人がいるんです、入院しているんです、と言っても、若い英語科教員がキャハハと笑うだけで、他は耳も貸さない。学年会議は部活指導が終わった午後七時すぎから始まり、こんなことだから家で待つ子どもたちの夕飯はいつになるかわからない。教員の働き過ぎが取り沙汰され

て久しいが、一番の原因は勤務時間を守らない教員自身にあると教員自身は知っている。それでも改善されない。この状況の中、母の病院や施設からは時間に関係なく、あれ持ってきてください、あれ買ってきてください、と電話が入る。どこもかしこも、無理、無理、無理……を平気でやらせようとしている。

介護の必要な家人を抱えていることへの配慮は、本来なら前任校の校長が次の校長に引き継ぎをするべきだった。それができていない。なぜか。次の校長は私に関する引き継ぎのために何度も電話をかけてきた。ところが、前任校の校長は電話に出たことがなかった。校舎裏の竹林に入り浸っていたからである。学校敷地内禁煙となってから愛煙家の校長は喫煙できる場所を探した結果、この竹林に目をつけて、朝礼後からへらへら笑いながら、鋸を抱えて竹林に入った。おまけに代理で仕事をすればよい教頭までもが、校長さん一人に仕事をさせておいたらいけんでしょ、と竹林に入り連《つる》んで煙草を吸っている。校長のことを、地域の人たちは「働き者」と褒めたが、教職員たちは「暢気な竹取の翁」と呆れていた。

そういうことだから、私の家庭状況など転勤先の校長に伝わるわけがなかった。私は退職を間近にした管理職が嫌いだった。保身に走り、何かにつけて意欲の見られない姿が我慢ならなかった。向上心のない管理職の学校が活力の漲る場になるわけがない。

私が在る《時空》の中には嫌悪するものばかりが配置されていて、それはあたかも私を辞職に追い込む刺客のやり口であるかのように思えた。とどめは一教員の学級経営妨害であった。学級開き間もない新一年生のクラスには、小学校から抱えてきた繊細《デリケート》な問題に心を痛めている生徒たちがいた。それを踏まえた心機一転の仲間作りのために、計画的に、細心の注意を払いながら進めていた活動を、その教員は要らぬ一言でいともたやすく壊してしまった。余計なお世話は、田舎も街も変わらない。結局、こんなにも鈍感で可能性を感じさせない学校など二度と見たくない、と私はあっさり辞職した。五月の終わりのことだった。

退職金の大半は住宅ローンの返済に充て、残りは子どもたちのために、何がなんでも触らないようにした。すると生活費が、わずかしか残らない。かといって収入の当てはなく。途方に暮れるまま辞職の挨拶状を書いた。その中の一枚に「仕事を探しています。よろしくお願いします」と小さな文字を添えた。

一カ月と経たないうちにその相手から連絡が入った。仕事をしに来ないかと声をかけてくれたのである。元同僚だったその人は、退職後、地域の私立高校の校長を務めていた。

九月からの着任に先立ち、残暑の厳しい八月中旬、葉の茂った桜並木の坂を上って挨拶に向かった。小高い丘の上に立つその高校の門を入ると、屋根上の装飾窓で両手を広げて中庭を見下ろすマリア像が目に入った。穏やかで優美なお顔は、元気な頃の母の表情とよく似ている。右へ目を移すと瀬戸内の穏やかな海が遠くまで見えた。白い帆のヨットがふたつ、青一色を背景に浮かんでいる。

丁寧に磨かれた廊下を通り校長室に案内されると、同僚だった彼は満面の笑みを浮かべて迎えてくれた。人の笑顔というものに久しぶりに出会えた嬉しさに目が潤んだ。

彼は校長という肩書きをはずして話し始めた。

「仕事辞めたんだってね、もったいない。君は責任感が強いし、学級経営も巧いし、授業もピカイチで公開授業もたくさんやっていたよね。確か、中国からの視察団の前でも授業やったんだろ、新聞で見たなあ。研究熱心で大学院にも通ったしね。演劇指導も情熱的にやっていたなあ。全校演劇、楽しそうだったね。……なんで辞めたの？　そろそろ管理職への声もかかっていたんじゃないのかね」

「…………」

どんなに褒められても、たとえそれがお世辞の寄せ集めであろうとも、今は無である。私は何もかもが恥ずかしくて、返す言葉も見つからなかった。

「ああ、悪いこと聞いちゃったね。いいんだよ、答えなくても」

「辞職したため収入が絶たれてしまって。お声をかけてくださり、ありがとうございました」

「大変そうだね。いいよ、君のことは私が保証人になるから。辞めたいと思うまで働くといい」

「助かります。本当に助かります。ありがとうございます」

校長に向かって深々と頭を下げた。

それから時をおかず、母を連れて生家への小旅行を決行した。退院はしたものの日増しに弱々しくなっていく母と、身も心もぐしゃぐしゃになっている私との旅行だから、決行という言葉がふさわしかった。それにこのタイミングを逃すと、いつ生家へ行けるかわからないという思いもあった。この旅行には療養中の真萩も同行させた。

朝九時、母の施設を出発し、動物園東の国道315号を北上した。瀬戸内海を背に、日本海をめざす道路の両側にはいくつもの山が連なり、進むにつれて人家はまばらになっていく。喫茶『宇宙空港』の長い坂を下り、しばらくダム沿いを走り、木々の間を抜け、上って上って最高地点の河内峠に達し、下って下って国道9号を横切り、左にリンゴ農園と牧場を見て、スキー場の麓を抜け、案山子の六地蔵さんの前を通過し、田園の広がる山村に至ったところで母に声をかける。

「ねえ、この景色覚えとる?」

「……ああ、……うーん、……覚えていないねえ。どこだったかねえ」

国道315号は、私が住む山陽の街と生家のある山陰の地を結ぶもっともわかりやすい移動経路である。この道は五十をすぎて車の免許を取った母が孫に会うために何度も往復した道である。単調な田舎道に田舎の風景ではあるが、それが母と時たま同乗していた父とがこよなく愛した穏やかな風景だった。なのに、母の記憶の中には残っていない。

道の駅「うり坊の郷《さと》」で休憩をとる。すっかり眠り込んでいる真萩を起こし、母に声をかける。

「ここで降りるよ。トイレに行って、それから何か食べる物を買って行こう」

「うん、わかった」

返事はできるが、高い座席から降りるのが困難な状態になっている。かといって、母の状態に合わせて車を買い換えるところまではいかない。一年前から両肩を痛めている私には、上から体重をかけてくる母を支えたり、逆に座席へと押し上げたりする辛い労働の伴う旅だった。

「まあ、田圃がきれいにしてあるねえ。こんなところ、初めて来たねえ」

旅程も三分の一を余すところまで進んだ時のことだった。母は笑みを浮かべ、窓の外を珍しそうに眺めてそう言った。山間部の八月は、溌剌と伸びた緑の稲が時の厚みと安定を感じさせる濃い空間を創り出していた。

「ここ、本当に初めて来たと思うとるん？」

意地悪い私の言葉に母は驚きを表した。

「は？　初めてじゃないのかねえ」

忘却とは、頭の中の映像がすっかり終了してしまうことらしい。

程なく到着した生家の姿を母が目にしたのは、一年九カ月ぶりのことであった。小高く積み上げられた石垣の上に立つ大きな家屋を、母は大きく開けた口に喜びを浮かべて見上げている。意地悪い私は、また尋ねてみる。

「ここ、どこかわかる？」

「……ここは、……私の生まれ育った家……じゃなかったかねえ」

自信なさそうに小声で答える母に、悪いことを言ったかなと少し悔いた。この家の跡取り娘の母がもっとも長く目にしていたこの風景だけは、母の記憶から消されてはいなかった。無用な自己主張をしない母は、何度もこの家に帰りたいと思ったことだろうが、私や私の家族の都合に遠慮をして、街の孤独に耐えていたのかもしれない。

中に入り、急いで南北の窓を全開にすると、家はゆっくりと目覚めて深呼吸を始めた。母と真萩は外気の入り込む南のくれ縁に座り込んで、炭酸入りのペットボトルを開け、ひと、ふた口飲むと、ボトルは傍らに置いて、赤いイノシシ模様の袋から「うり坊の郷」特製弁当を取り出そうとしている。私は三つ奥の台所で食卓の椅子に腰を下ろして、しばらく二人を眺めていた。

開放した北窓から吹き込む風は思いのほか涼しくて心地よかった。二人はあっという間にお弁当を食べてしまい、満足そうな顔をして何やら話を始めている。

金色の光を放って空を駆ける白い馬を見た。真萩が母に向かってそんな話をしている。二人の背後には田圃が広がり、背の高くなった濃い緑の稲が、ずっと南の山の麓まで頭を揃えて直立している。そこは遠い遠い昔、ご先祖様方がこの地で命を繋ぐために開墾した大切な宝の土地である。父が体を壊してからはあのヨシオが管理をしてくれているということだった。

「いつ見たの？」

ゆったりとした母の言葉に、中学生になった頃、と真萩が答える。真萩はもうすぐ二十歳になる。

「真っ白だったの？」

その問いかけには、前脚の半分から下が黒っぽく、額から鼻にかけてピンクで鼻先に少し黒い模様があった、と答えている。ふうん、そう、と終わるものと思ったが、母は話題を引っ張り、さぞかしまぶしかっただろうに、よくそんな細かいところまで見ていたものだと驚いてみせる。夢ではなかったのかとも訊いている。

「違うよ、実物。ホンモノの馬だったよ」

東に聳える三ヶ岳《みつがだけ》を指差し、あの高い山の上からここの向かいの山の向こうへ駆けていって、また姿を現して自分の座っていたここまで近づいてきたのだと力説する。

「だから、鼻の色とか鼻の先っちょのモニャモニャとした模様まで、はっきりとわかったんだよ」

真萩は、説得力のある言葉を続ける。母はますます驚いてみせ、慌てたように後追いをする。

「同じだ、同じだよ。おばあちゃんも同じ馬を見たんだよ」

「いつのこと？」

真萩が目を見開いて問い返す。

「戦争が終わった次の年の夏だったから、マハちゃんが見たのと同じぐらいの年齢《とし》だったかねえ」

「馬の色も、そっくりだったの？」

ああ、そっくりだった、と母は頷き、馬の通った道筋も同じだったと答える。

母に向かって飛んできた馬は、そのままお腹の中に入り込んでしまったのだという。母は、爆弾を落としにやってきた飛行機かと思ったが違うし、渡り鳥がやってくる時季でもないし、真夏の昼寝で見た夢の中の話だと思うことにした、と笑ってお茶を濁す。真萩も頷きながら笑っている。

「わたしのところへ飛んできた馬は、どこに行ったのか覚えていない。やっぱり夢だったのかなあ」

二人は、この酷似した体験を隔世遺伝という言葉で括って、不思議だ、不思議ねえ、と笑い合っている。

口にはしなかったが、二人はあの日の私と同じ光景を見たのだと思った。放射状に広がる黄金の光を背景に青天を駆ける白い馬を、私も見た。中一の夏の日の、昼すぎのことだった。馬は東の空から南へ渡り、向きを変えると私のいる縁側めがけてやってきて、寸前でもう一度浮き上がり、西のほうへと向かった。目が開けていられないほど強い光を放って輝いていたあれは太陽神の化身だ、神話の本に載っていた挿し絵の馬だ、と自分なりに解釈していた。馬が降りていった方角には農業用水を溜めた大きな神ヶ池があった。周囲の針葉樹の群生から枝葉のひとつひとつまで映り込んでいる鏡のような池で、その辺りをめがけて白い馬は降りていったのだった。

夕方、一人で池に確かめに行くと、水面にくっきりと映り込んだ林の前で一頭の白い馬が首を垂れて草を食べていた。馬に近づくと、水面にワタシも映った。水の中の馬は水の中のワタシに気づいたようで、そろりそろりとワタシに近づき、そのままお腹の中に入ってしまったのだった。その出来事を私は今の今まで秘密にしている。

北東南を山が囲い、その山かげの十九戸の集落に私は生まれ育った。幼い頃、三ヶ岳に続く集落唯一の細い土の道には竹を運び出す馬車や田を鋤く牛、工場勤めのおじさんたちの自転車、行商のおばさんのリヤカーが行き交った。その道の両側の田畑で若い衆が耕作に汗を流す時間、古老は土地に残る伝説や風習を幼い子どもたちに聞かせてくれた。子どもたちは語りを聞くのが興味深く好きだった。テレビはまだどこの家にもない時代で、電波状況の悪いラジオには耳も向かなかった頃だけに、それが楽しくておもしろくて、自然と古老がいる子どもの家に集まっては遊ぶようになっていた。私も、くる日もくる日も、年の離れた三姉妹の住む茅葺き屋根の大きな家をめざして坂道を上った。山から山へ、緑の木々を追い越し青い空を追いかけながら、赭土《あかつち》の小径を息を切らして走った。

「三ヶ岳は天狗山とも言うて、てっぺんに、遠くの郷《さと》から馬に乗った天狗様がやってきなさる、雨の日は里芋の傘をさしてやってきなさる、時には娘を連れてやってきなさる、娘は村に降りてきて村の子どもたちと一日じゅう遊んで喜んで帰っていくんじゃけど、誰もどの子がその娘なのか見破ることができんのじゃ……」

古老が語るこの話はおもしろかった。子どもたちの間では、もしかしたらあの子が天狗の娘かもしれん、と真剣に疑い合う時期があった。南の山のあちらでは鬼瓦の顔をした蟹喰爺《かにくいじじい》がお不動様のお見守りをしているとか、神ケ池にはヌシと呼ばれる大きな生き物が棲んでいて近づくと水底に引きずり込まれるとか、川口にはエンコウと呼ばれる猿に似た水の妖怪が潜んでいてそこで泳ぐ子の肛門から手を入れて胆を抜くとか、二の腕が震え上がるような話もおもしろかった。そんな日常だから、幼い頃から自然も自然の生き物も、カミ・タマ、オニ・モノの類いも、何もかもが共に生きている同志だと当然のように受け止めながら育ってきた。

「母さーん、おばあちゃんが、いないよー」

おっと、真萩の声だ。遠くから叫んでいる。反射的にくれ縁を見た。確かに二人の姿はない。急いで居間と和室を駆け抜け、くれ縁を突っ切って庭に下りていくと、下の庭から続く石段を真萩が上がってくるところだった。

「いつからいないの？」

「さっき、わたしがトイレから帰ってきたらいなかった。それで、家の周りとか川に下りる道とか見てみたんだけど、どこにもいない」

母には、よくわからない行動がこのところ増えている。どこに行ったのだろう。家の前の道路に立って少し考えた。上《かみ》か下《しも》か、たぶん下だろう。母がいつも買い物に行っていた下手、やってくる行商のおばさんたちを待っていた下手、真萩や浩紀が遊びに来る時必ず迎えに行っていた下手、下手は賑わいにつながり、下手には母の好きな楽しいものがたくさんあるのだから。私は下手へと捜しに向かった。

隣家は百メートル以上離れている。その隣家の庭先に伸びているクロガネモチの枝下に母がいた。幹の陰に添うように立っていて、下手の方角を見ていた。ここでは真萩も見つけにくいだろう。

上手から現れた私に気づくと、母はきょとんとした顔をして私を見る。私は少し大きめの声をかけた。

「どうしたん、何しとるん？」

訊いている意味がわからないのだろう。小首を傾げ、ますます事態が飲み込めないといったふうの顔をして疑問を投げかけてくる。

「あんた、いつ帰ってきたん？　そろそろ帰ってくる頃だと思うて迎えに来たんよ。すれ違いだったかねえ」

言い返すことはしなかった。今帰ってきたところだから一緒に帰ろう、と誘って家に向かった。帰りながら、母の足がいつになく元気に歩いていることに妙な驚きを覚える。

「隣のおじさんと何か話をしたん？」

母は何を訊かれているのかわからない素振りを見せる。そんなものかもしれない。ただ、私がクロガネモチに近づいた時、母より少し若いヒサオの丸い目が磨り硝子戸の隙間からこちらを見ていたので、尋ねてみただけのことだ。

背筋を伸ばして歩いていた母が、時折、膝を押さえる。どうしたのか問うと、ズボンの裾をまくって、さっき転んだんよ、と血のにじんだ左膝を見せる。母の左足はめっきり弱くなっている。今の施設に移る前も、集落の平らな一本道を歩くと左に寄っていき、車にぶつかりそうになったり、あわや川に落ちそうになったりすることが何度かあった。ひどくはないが血を拭きとってやりたかった。拭くものは何ひとつ持っていなかったので、道端のヨモギの葉を数枚摘んで汁が出るぐらい揉みながら母に手渡すと、母はそれを傷口に当てた。誰に教わったか忘れたが、野山を駆け回って遊んでいた幼い頃からやっている民間療法みたいなものだった。すると母の口から呪文が飛び出した。

オオサカノ　サカノフモトノ　チドメグサ

ココニアルトハ　アリガタイ

続けて「アビラウンケンソワカ」を三回繰り返し、傷口に息を三回吹きかけるフゥー、フウー、フウーの所作もやっている。これは私も知っている。集落の古老が教えてくれた、昔人が修験者から伝授されたという呪文だった。母にも教えてくれた誰かがいるのだ。

「それ誰に教えてもろたん？」

「……おまじないのことかね？」

「うん」

「誰だったかねえ、私の父親だったかもしれないね」

昭和八年生まれの母が、乳幼児期わずかの年月を共に過ごした父親から贈られたちっぽけな史実、ずいぶんと遠い日の出来事をよく覚えているものだと、その記憶力に感心する。なのに、ついさっきのことやここ数年のことはほとんど覚えていない。


わずかな間にこのような事件が起きた。だからではないが、少し早めに引きあげることにした。帰りも「うり坊の郷」で小休止を取る。母の要望で、真萩は飴湯を買いに売店へ向かう。私は母をトイレに連れて行き、あとはしばらく車内で過ごすことにする。母がまたいなくなっては困るから一人にはさせられない。その間、向かいの山麓に点在する家屋を眺めながら、過去の日々に思いを巡らせていた。

生家は長い歴史をもつ名家だとか旧家だとか、親は一言も口にしないのに地域の人たちからたびたびそんな話を聞かされてきた。薄汚れた顔の、たいして可愛くもない、パンツひとつで稲架杭《はぜぐい》にのぼる山ザルのような娘だったのに、私のことをある人はお嬢様と呼び、ある人はお姫様と呼んだ。夏が近づくと行李を背負ってやってくる行商のおじさんから新しいワンピースを買ってもらい、冬祭りの前には離れた街の大きな店に連れていかれ、暖かいオーバーコートとブーツを買ってもらった。それを地域の人たちは東京から来たお嬢さんみたいじゃね、シャーリー・テンプルちゃんみたいじゃね、と褒めてくれた。山ザルはクラシックバレエやピアノも習わせてもらっていた。他人《ひと》は私をお嬢様に仕立て上げ、親は一言も口にしないのに将来へのレールまできっちりと敷いてくれた。

三ヶ岳に入道雲が仁王立ちしている夏、田圃の中から畦道から、声をかけてくれるおじさんおばさんたち。テストの点数を尋ねられ正直に答えると、まあまあ、素晴らしいねえ。そのまま頑張って高校はあそこ、大学は日本で一番立派なところへ行くとええ……という話がしばらく続く。学校で借りた『オズの魔法使い』を読みながら下校していると、ひょいと自転車の荷台に乗せて帰ってくれるおばさん。二宮尊徳さんより賢い子になるんだよ、いつでも乗せてあげるからね、と歯をずらりと見せて笑っている。メノハ（わかめ）を干したからちぎって食べてええよ、頭がよくなるよ。潮香の広がる田舎道でそう勧めてくれるおばあさん。将来は医者になるかね、いやお役所勤めがええよ、いや学校の先生じゃ、それも小中学校でないと、高校は広域での転勤になるから駄目じゃ、就職が決まったら婿を取って……。日曜日以外は必ず誰かがそんな声をかけてきた。いつしか私は親よりも地域に躾けられ、育てられているような錯覚に陥ってしまう。

二人姉妹の長女の私は家の跡取り娘だと言われていた。幼くして姉を亡くした母も家の跡取りとなっている。その一代前にはたくさんの姉妹の中にたった一人男子が生まれた。私の祖父である。その祖父も、母の姉が亡くなるほんの少し前に赴任先の辺地で病死していた。それで、母と祖母と年老いた婆様、女三人の家になってしまった。家の経済状態が厳しくなったのはその時からで、極貧生活を余儀なくされるようになったという。地域の人たちは私の知らないお家事情を知っていて、その頭で私の将来を考えてくれたのかもしれない。だが、名家旧家と言われても、私にその値打ちがわかるはずもなく、長女である重圧感も何も知る術はなかった。それなのに、いつのまにかそのブランドめいたものにくるまって生きることの心地よさを味わっている括弧付きの《私》が育っていることも確かだった。

そうはいうものの、父という男が加わった家の中は決して安穏としたものではなかったようだ。山に陽が当たれば陰になる部分ができるように、内部には薄暗く陰鬱な空気が漂っていた。原因はわからない。なのに七歳そこらの子どもながら鬱々とした空気を背負って畳の上を歩き、板の間をトタトタ突っ切って、居間の隅にある取り外し自在の階段を伝って天井の低い二階へ上った。押し入れにちょっとした隠れ家的魅力を感じていた私は、そこに入り込んで、しまい込まれたままの古いアルバムを眺めたり、大学ノートや葉書・手紙の類いを難しい漢字は飛ばして読んだり、内壁に貼られた大正何年とかの新聞を眺めたりすることに興じていた。

父は女三人で生活苦にあった家に、家柄に納得して立て直しにやってきた婿養子であると、そんな事情まで私は近所のおばあさんや親戚のおばさんたちから聞かされた。その頃を思い出す時、必ずと言ってよいほど浮かんでくるのは母の悲鳴に似た声である。

「きゃああ、何するんかね」

父は短気で激しやすい人だった。母が言うことを聞かないと、抓る、罵倒するは常で、私には意味のわからない濁った声が一方通行で頭上を飛んだ。母の左足が悪いのは父が山径で突き転ばしたせいだと聞いたことがある。父の悪癖は時には祖母にまで及んだ。

ある日、三姉妹の家でさんざん遊んで帰った私の目に入ったのはそれまで見たこともない異様な光景だった。居間の隣の四畳間で旅行鞄を広げて祖母が下着や洋服を詰めている。それも泣き顔で。そこに台所から父の濁った声が飛んでくる。

「そこまでしなくてもええでしょうが」

祖母に向かって飛ばしたのだろうが、祖母はまるで相手にしていない。

「聞こえているんでしょう。そこまでやらんでもええ、と言っているんです」

二人の中間辺りの位置では、母が俯き立ち尽くしている。父が祖母とまた諍《いさか》いを起こしていたのだ。たいていは母が原因を作り、それに父が食ってかかり、それを祖母が止めに入る。父はそれが気に入らない。こうした諍いが発展し祖母はこの家を出て行こうとしたようだった。そんな光景を私はアンバーの照明に映し出される古い舞台劇でも観るかのように黙って見ていた。

母は穏やかで優しい人だった。父親譲りだと言われる笑顔のきれいな人だった。歌が好きで、茶碗を洗う時も洗濯物を干す時も、大きな声で歌っていた。英語の歌や英語の混じった軽快な日本の歌謡曲を、楽しくてたまらない雰囲気を全身から放ち、毎日歌っていた。もんぺ姿で菜箸を持ったまま、膝を曲げて全身を揺すり、体を前に出したり引っ込めたりして踊っている姿もたびたび見かけた。

あとで思えば、戦争が終わって、思いのままを自由に表現した英語の歌が自由に口ずさめるようになった喜びを全身で表していたに違いない。新しい生き方を追求する環境が思春期には既にあったようで、私の育て方も自主性を尊重し、親の価値観を押しつけないことを大切にしようと努めたらしい。だから母とは対照的な考えの父が私に自分の考えを押しつける素振りを少しでも見せようものなら、母は必ず顔の表情と首振りで制止した。

その母は、少人数の中で育ったせいか、歌を歌うこと以外では物静かで、積極的に気を利かせてあれこれと行動するようなタイプではなかった。大家族の中で育った七人兄弟の父にしてみればそれが不安材料となるし、気に入らない。終戦直後、母が中学生だった頃、満州付近にいた父は終戦を告げられないままソ連軍によって極寒シベリアに抑留され、辛い思いをしている。母のような考え方や行動の取り方はまともに受け入れられない頑なさがあった。母は自由と新しさを尊び、父は危機感と悲壮感を携えて安心を求めようとしていた。そこからくる差異、価値観の相違が行動スタイルの相違にまで現れてしまったのかもしれない。

父が徹夜勤務の夜、母と祖母が二人で居間の炬燵に座って、甘納豆を食べながらボソボソと話す姿をよく見た。十歳にも満たない子どもだからと八時には寝かされていた私は、奥の部屋の障子の穴から二人をそっと覗いていた。私も甘納豆が食べたかったが、父不在の安堵の時間を邪魔することはしなかった。祖母がいない晩は九時すぎまで私が母の相手をさせられた。甘納豆はなかったが、集落内のあれこれや父への不満をよく聞かされた。

集落内の話は、祖母から聞かされたというものが多かった。助産師を務めるようになった祖母はたくさんの秘密を胸の奥にしまっていて、時にはその重圧に耐えきれず、母に「秘密じゃけど」と前置きして漏らしてしまうことがあったようだ。その中には、ヨシオの初めの子は双子で、生まれた時一人はすぐに山に埋められたという話、シズコの長女もすぐ亡き者にされたという話、があった。古くからのやり方で祖母にはどうすることもできず、自分の手で取り上げた新生児の断末魔の声に何晩も魘《うな》されたという。

父については、声が嫌い、抑揚をつけた喋り方が鬱陶しい、短気、考え方が古くさい、それに下品、といった話に始まり、父が近隣に対して引け目を感じているという話までいろいろあったと思うが、私には難しすぎて、ただ聞くしかないものばかりだった。

「引け目ちゃ、何？」

そう尋ねた私に、母は、自分がよその人よりつまらんと思うとること、と説明した。父の引け目とは、女所帯に婿養子に入ったのに男子をもうけることができないことだった。女の子しか生まれない家はいずれ滅びる、あの養子が家を滅ぼしにやってきた、と後ろ指を指されていることが耐えがたいと言っているのだった。私が生まれた瞬間、

私を取り上げた祖母が、

「あ、女じゃ」

と失望の声を漏らしたという、その話まで母は平気で私に聞かせた。さんざん話したあと、

「じゃけど、ええところもある」

必ずそう一言付け加えることも忘れなかった。父のよいところ、それはお家の山林田畑を身を粉にして守ってくれるところ、給料を子どものために使ってやってくれると必ず全額家に入れるところだった。家のために力を尽くす男、家に金を入れてくれる男でなければ値打ちがない、という《私》の中の男というものへの価値判断基準は、この環境の中で形づくられていったに違いない。

母が話す父の悪口は私だけに向けられたもので、妹には一言も話していなかったらしい。私は何かにつけて父親似と言われてきた。顔つきも、ぼさぼさで太い眉も、やたら大きな目も、薄茶色い瞳も、アメリカのテンプルちゃんふうの癖毛も、爪の形も、

喋り方も、あまりにもよく似ているから私にだけ腹いせのように嫌なことを言い続けたのだろうか。そのうち《私》の中には、こんな男はお家の歴史と風格にそぐわない、貧乏になっていたお家に金を運んでくれる「親戚のおじさん」程度に思っておけばいい、男がいない家は世間から軽んじられ、つまはじきにされると母が苦い体験話をしていたから、親子のフリだけしておけばいい、との考えが育っていった。

「うり坊の郷」を出発し、母の施設に帰着する頃には、西の空が夕焼け色に染まっていた。休憩に少し時間を取り過ぎてしまった。母はさして疲れていないと言ったが、真萩はすっかり疲れ果てた様子で、家に帰ってから早めの眠りに就いた。私は特にこれといった疲れもないまま、一人、昼間の続きの日々に思いを巡らせていた。

日が沈む時、遠く離れた西の山がシルエットに変わる。南へ目をやれば、遠くの山並みが薄藍色のシルエットになって明度の高い空色の中に浮かび上がる。小学生の頃、夕方になるとお寺の鐘の音を聞きながら、あの山並みの向こうにはどんな村や町があるのだろう、行ってみたいなあ、そんなことばかり考えていた。山陰と呼ばれるこの地は心安まる場所だった。ここにいるから遠くの地に憧れたり思いを馳せたりすることができた。私は山のシルエットに包まれるこの町がとても好きだった。

だがその思いが、ある日ある瞬間、予期せぬ言葉で壊されてしまった。

「南は入り口であり、南に開けた山陽には華やかさ、明るさがあります。それに対して山陰は陰の部分です。山に陽が当たるから裏側に陰の部分ができる、その反対はありません。だから山陰には暗いイメージがあるのです」

なんの配慮もなくそう語る人があった。

——だから山陽は実体の部分で、山陰は厚みも温もりも息づかいも感じさせないひっそり閑とした暗闇の部分だとでも言いたいのか？　なぜシャドウではなくシェイドをことさら強調するのだ？

「そういう環境の中では偉人も育ちません。今では中央で活躍している人もいません。

立派な人間を輩出できないのは土地柄のせいでもあるのです」

　中学三年生の私は、山陽から転勤してきた小柄で短髪の校長の着任挨拶の言葉に異常なほどの反感をもった。期待して待っていた新校長の、男雛のような品のよい口から吐き出される得体の知れない泥色の言葉に失望を感じた。前に並んでいる先生たちが表情も変えずに聞いていることにも違和感があった。街とか都会とかきらびやかな環境を知らない私には、校長の言いたいことがまるで理解できない。何か悪いことでもしたあと、反省している最中にさらに説教されているような、二重に嫌な気分にさせられていくのだった。

　新校長の話は長々と続いた。その間、私は（そんなこと、あるものか！　そんなこと、あるものか！）と心の中で反発し続けた。私の生まれ育った町にはきらきら輝く金色の光が射している、輝く光が宿っている。私はそれを見た。文字で書けば山陰ではなくて「光が射す」の「射」の字を加えて山射陰、サンシャインなのだ。中学生になり英語を習い始めてから、私はこの町のことをずっとサンシャイン市と呼んでいた。

若い英語科教師が教えてくれた「ユー　アー　マイ　サンシャイン」の歌は、幼い頃たびたび耳にした、心が晴れていく明るいメロディーだった。このメロディーが脳内ＢＧＭになって私の発想をいつも支えてくれた。

考えてみれば、これは大人への反発の中でも初めて経験する心情であった。それまでの私や私の周囲では、大人、それも学校の先生に対して逆らったり反抗的な気持ちを抱いたりするなど考えられないことだった。それだけに、全校生徒の前に立っている新校長の言葉には、雷に打ち抜かれたような衝撃と、人前で恥をかかされた時の後味の悪さでいっぱいにさせる何かがあった。

放課後の帰り道、友人の村田絵美《むらたえみ》に訊いてみた。

「新しい校長先生の話、覚えとる？」

クラブ活動で渡された新しい楽譜をまだ手に持ったままの絵美は、瞳を上にあげ眉を八の字にして首を傾げた。

「どの話？　あの校長先生、話長うて、ほとんど聞いてなかったわ」

予想どおりの反応だった。絵美の手にある楽譜には「菊崎《きくざき》秋香《しゅうか》」と私の名前が入っている。また間違えて私のを持ってきている、と呆れたが、とりあえず絵美の質問に答えた。

「山陽と山陰を比べて、山陰がいかにも暗くて、つまらんようなことを言うとっちゃった」

「秋ちゃん、よう聞いとったね。そんな話しんちゃったん。うち、全然聞いてなかったわ」

絵美は笑いながらそう答えたが、ちょっと真顔の私に気づくと慌てて言葉を繋いだ。

「気にしたほうが、えかった？」

「いや、別に、ええんじゃけど……」

自分が過敏に反応しただけのことかもしれない。憤慨に共感してくれなかった絵美を見ながら、私はそう思うことにした。

このことがあってから、私の中では何かが弾けた。あれだけ好きだった自分の町が惨めでみっともないものに思えて仕方なくなった。すると、体の隅のほうに滞ってい た記憶が、湯玉のように頬骨辺りまで沸き上がってくるのだった。

中学生になって他市町村の学校との交流が始まると、他校には給食というものがあることを知った。聞けば主食以外にお皿に盛ったおかずが日替わりで付いているとか、温かい汁物や果物や牛乳もあり、月に何回かライスカレーの日があることも。

「秋ちゃん、ライスカレーだってよ、羨ましいねえ」

他校の中学生の前で絵美が涎を垂らす真似をした。思わず、やめときい、と私は制した。他校の生徒たちは私たちに給食も食べられない貧乏町、と言った。そんな貧乏町の住民のことを他校の生徒たちはポンスーと呼んだ。「それ、何?」と訊く絵美に、ずっと前から大人たちが言っていることだ、と笑った。ポンスーとは、馬鹿とか間抜けという意味らしい。初めて知った。他の地域では私の町をそんなふうに見ていたのだ。みっともない、恥ずかしい、惨めったらしい。それらもすごく嫌だったが、やはり私には新校長の口から出た比較のほうが、もっとずっと嫌だった。

だから進学先の高校は山陽のない隣の県に決めた。絵美と一緒に五パーセント枠の越境入学だった。そのまま大学も、山陽よりもうんと都会の東京を選んだ。親は何も言わなかったが、近隣や親戚のおじさんおばさんはしきりに私を諫めた。

「跡取りが一度土地を離れると、帰ってくることはないと言うじゃないか。地元の国立大学へ行くのがええんじゃないか」

「いやいや、大学など行かんでも、もうええ年齢じゃけ婿を取ったらええ」

「そうじゃ、そうじゃ、はよう結婚して、今度こそは男の子をいっぱい産めばええ」

女に生まれたことに失望されてしまった私が、心から慣れ親しんでいた町を否定され、しかもその否定された町に残って跡取りを優先させた生き方をしろと言われる。冗談ではない。親でもなんでもない人たちが私の生き方を決めようと、実に勝手に口出しをしている。母は父との結婚話を拒否しなかったかもしれない。それはそれなりの事情があったからだろう。だが、私にはそうしたことに対する怒りというものがある。自分の大切な意思を守るために、怒りでそれを防御するしかないと構えた。だから私には、目の前の光景がどこかよその世界のことぐらいにしか感じられず、「グッバイ　サンシャイン！」と、振り向くこともなく、イノシシのように走り抜けた。

寝台特急「出雲号」で午後三時すぎに浜田駅を出発し、窓に映る山陰本線の山々をいくつも飛ばして東海道本線に入り、翌朝七時、東京駅に着いた。初めて暮らす大きな街。住み慣れた山かげの町とはニオイの違う街。いい匂いなのか、よくない臭いなのか、嗅いだことのない大都会のニオイが心を乱舞させる。ホームに迫り立つ大きなビル群。林立密集するビルは山の木々とは異なり、無機質で無表情の冷たいような、それでいてワクワクさせるような、気後れよりも挑戦意欲や征服欲、御し甲斐を感じさせる魅力があった。私はこの環境で大きな街と戦えるチカラをたっぷりつけてやろうと考えていた。

大都会の丘の上に立つ大学の屋上から、私はクラスメイトとしばしば富士山を眺めた。もちろん見えない日のほうが多いのだが、それでも遠くを眺めるのは気持ちがよかった。男女五人の文学かぶれのグループで、研究分野はみな違っている。空き時間と馬が合ったのが、グループ活動開始のきっかけだった。

近現代文学に傾倒している東北出身の男、葉桐《はぎり》は、突然、オホーツク海の荒波が見たいとか、南アルプスの連山を眺められる場所に行ってみたいとか、千曲川のいざよう波にふれてみたい、などと口にした。どの場合もその時浸っていた文学作品と関連した情景だったようだが、私たちは彼のそんな言葉をいつも楽しみに待っていた。なぜそれをそうしたいのかを、彼は作品内容と絡めて熱く語ってくれるからだった。葉桐は語りが巧みで、臨場感を存分に味わわせてくれたし、なんといっても私たちは未知の作品世界を覗き見するのが楽しかった。東京出身の阿木《あぎ》と横須賀出身の佐藤《さとう》、二人の女の子も、作品に描かれている作者の切り取った情景に憧れの思いを寄せるような日をして聞いていた。葉桐も私も九州出身の安永《やすなが》も、みなお国言葉はしまい込んで、標準語もどきの言葉で会話を楽しんでいた。

珍しく暖かい陽射しの冬の日、いつものように屋上で遠景を眺めてはお喋りするだけのグループ活動をしていると、葉桐が私だけに尋ねた。

「地平線を見たいと思ったこと、ない？」

特に考えたことはない、と答えると、地平線が見たいね、と両手で手摺りをつかんで遠い空を見上げながら言った。どこに行ったら見られるのかしら、北海道かしら、と私が言うと、

「いやいや、北海道なんて行かなくてもさ、川原に寝そべって土手を見上げてみろよ。すうううっと土手の線が見えるだろ。陸地と空が接している。あれは立派な地平線だ」

と、笑いながら葉桐が右手の人差し指で空に直線を引いて土手の線を作りあげた時、私の目の前には故郷・サンシャイン市の夏草の生い茂った土手がくっきりと浮かんでいた。サンシャイン市という言葉を、あれから高校でも大学でも使用した。大学に入り、初のクラス会の席で、サンシャイン市出身です、と自己紹介した時の学友と担任

の疑問符を貼り付けた顔といったらなかった。サン、なんだって？　サンフランシスコ？　サンティアゴ？　やけに輝かしい名前だね。どこだ？　などと言い合っている、その姿は実に愉快で忘れられない。

「君、サンシャイン市出身だって言ってたよね。そこって、地平線見えるところ、ある？」

驚くようなタイミングで葉桐が訊いた。サンシャイン市が造語だということは見抜いていたのだろうが、そのことについてはなんの質問もなかった。私は日本海に流れ出すエンコウの潜む川の土手を思い描いて答えた。

「長くて立派な地平線の見える場所があるわ」

全部説明するまでもなく、葉桐はそこが川原から見える土手だと理解したような頷きを繰り返した。

「それはいい。一番きれいに見える季節は、いつなの？」

「……春かなあ。……川を背にしてタンポポ広場から見ると、菜の花が一面に黄色く咲いて、……その後ろに横並びの桜の花も見えるわ。その背景が緑の地平線で、……その上は一面の青空よ」

情景を浮かべ、間を置きながら答えると、葉桐は最後の一音を待たず即答した。

「いいね、いいね、まるで山村暮鳥の世界だな。これは、ぜひ行ってみないとね」

葉桐が手摺りから身を乗り出して嬉しそうに言うそばで、やりとりを聞いていた二人の女の子と安永も、行ってみたい、ぜひ行きたい、と繰り返した。じゃあ、春休みになったら行こう、どこに泊まる？　新幹線は岡山までだから、京都で降りて山陰本線かな、観光できるところはどこかなあ、出雲大社と津和野はぜひ行こうね、松陰神社にも行ってみたいなあ、などと話は発展していく。

ある日、私はあることに気がついた。

葉桐は地平線、と言ったが、彼が本当に見たいと思っているのは地平線の向こうに広がる果てしない空の、まだ向こうの世界だったのではないか、ということにである。

だから地平線のことが話題にのぼると、彼は決まってカール・ブッセの『山のあなた』を唱えた。屋上という遠慮のいらない空間だから、私も一緒になって大声でその詩を唱えた。

ヤマノアナタノ　ソラトオク
サイワイスムト　ヒトノイウ
アアワレヒトト　トメユキテ
ナミダサシグミ　カエリキヌ
ヤマノアナタニ　ナオトオク
サイワイスムト　ヒトノイウ（ブッセ／上田敏訳）

安永は七五ごとに「ヘイッ」と掛け声をかけ、阿木と佐藤はそのたびに声を立てて笑った。この妙なリズムが繰り返されるうちに、阿木は上田敏《うえだびん》の巧みな訳あってこその詩だと評価し、佐藤はこの詩を聞くと切なくなって放浪の旅に出たくなるのはなぜかしら、と呟いた。

この詩を暗唱するのはいつも葉桐と私の二人だけだった。かつて天井の低い二階で見つけた母の古い大学ノートの中に、漢字仮名交じりのこの詩がいくつも書かれていた。高校卒業時に友人とノートを交換しては書き合ったものらしい。他の文面からそれがうかがえた。筆跡の異なるいくつもの『山のあなた』を興味深く眺めていたので、特別よく覚えている詩だった。

葉桐と私の頭の中では地平線と詩の山が自然に重なっていた。空に接した地平線も山の稜線も、未知の遠い地、幸せが待っている新たな世界に向かう時必ず通過する臨界地点、そんなイメージが重なりを作りだしていたのだった。だが葉桐の言葉に従えば、自分たちの憧れる地平線の向こうというのは、どこにでもある土手の向こう側だというのか。そんなに近い所でいいのか？　まあ、地平線の向こうはだだっ広い大根畑だったというのもおもしろいかもしれないな、とクスクス笑っている私が確かにそこに在った。

私たちは安永のギターに合わせてフォークソングを歌ったりもした。中でもカルメン・マキの『山羊にひかれて』が好きで、Gマイナーから始まるゆったりとした曲調に乗せる歌詞の中にはカール・ブッセの世界観があると、佐藤はいつも呟いていた。リーゼントヘアーの阿木はアイビールックで、ロングヘアーの佐藤はマキシスカート、地毛カーリーの私はパンタロンを身に着けていることが多かった。帰るのはバラバラだったが『山羊にひかれて』を歌った日には快い余韻に浸って一人で氷川神社の石段を下り、天井《てんじょう》桟敷《さじき》そばの小さな喫茶店で甘いミルクを飲んだ。

山かげの町とは正反対で、高校でも大学でも、クラスメイトも周囲の人々も穏やかで優しかった。ひねくれとか底意地の悪さを感じさせるものはほとんどなかった。中学二年生の時、紫式部と清少納言がライバル関係にあったという話を私が恣意的に創作した話だと言って、それを理由にさんざん悪口を言い放った男子がいたが、そのような不勉強による勘違いで人の心をいたぶる陰湿な人間もいなかった。文学脳の持ち主たちとの交流には語らなくても通じ合える安心感があって、ほんとうに心地よかった。

三月も下旬にさしかかったある日の午前、春休みで生家にいた私のもとに電話が入った。葉桐が急死した、という報せだった。

「心臓に疾患があったらしい」

安永は、つい夕べ、彼と長電話をしたばかりだと言った。それが朝には冷たくなっていたというのだ。一週間後には四人が私の家に泊まりに来る予定になっていた。葉桐は初めての山陰旅行で長くて立派な地平線を見ることをとても楽しみにしていた、と安永は言った。そうか、彼はサンシャイン市の地平線を見ることができなくなったのだ。いや、見ることができなくてよかったのかもしれない。あの地平線の向こうの世界はいたって普通の田畑だという現実を目の当たりにしなくてすんだのだから、むしろ見ることができなくてよかったのだ。とりとめのない思いが目の前を行き交った。

「生家で最期を迎えることができたのは、幸いだったかもしれないな」

電話の向こうでは、安永の話が続いていた。最後に、メモの取りやすい速さでお通夜と葬儀の日取り、喪主の名前を読み上げると、電話は切れた。

私は受話器を持ったまま、屋上から遠くの空を見上げる葉桐の横顔を思い出していた。いつも何を見ているのだろう、何を考えているのだろうと疑問に思っていた。その思いは安永も同じだったようで、いつだったか葉桐に尋ねているところを二人の後ろで聞いていたことがあった。

「おまえさ、いつもどこ見てんだよ。何かいいものでも見えるのか？」

「ああ。……いいものが見える。未来を見ているのさ」

「未来を見ている？　文学やってるなあ」

「文学か。いや、こうやって見ていると、遠くのほうに未来が形になって見えてくるんだ。見るたびに、それは濃く、はっきりとした形象として描かれていくので、見るのがどんどん楽しみになっていくんだ」

「俺たちの知らないところでそんな世界を創っていたのか。安部公房《あべこうぼう》だっけ、今研究してるのは？」

「公房の世界観とは全く違うよ。……自分の目に見えているのは、今しか見ることのできない未来の形だ。それがどこか懐かしさを誘うようにもなってきた。なぜそうなのか、もうちょっと、じっくり眺めて考えてみようと思ってさ」

「未来が、懐かしい、なんだそれ？」

「ないかな、そういうこと」

「……残念ながら、俺自身にはないね」

「そうか、ないのか」

「未来への懐かしさ。それってもしかして、憧憬ってやつかい？」

「いや、憧憬ではなくて、郷愁だ」

「文学だな、まさしく。未来に対してもつ郷愁なんて聞いたことがない。おまえ、まさか自分は未来からやってきた人間ですって言い出すんじゃないだろうな？　かなりシュールだぜ」

「そうかもしれない。でも、文学仲間なら許せるだろ」

安永はその言葉を受けて笑っていた。葉桐も笑っていた。葉桐の横顔をその距離から見るのは初めてだったと思うが、美しいと思った。これまで見たこともない美しい横顔の男性だと思った。

その頃、葉桐は自分の短い命を感知していて、命を終えたあとの自分の魂が向かう先のことを想っていたのかもしれない。未知の世界。カール・ブッセのいう幸いの住む国。山も地平線も越えて越えて、その先にある新世界。それはこのようなところであってほしいという純粋な希望の生み出した世界の姿だったのかもしれない。鳥や蝶なら飛んでいけるだろうが、それが自由にできないから、葉桐は鳥や蝶に、時には風に、その心を託して飛んでいたのかもしれない。だがこれからは、みずからの意志でいくらでもあの空へ飛んでいくことができる。

仲間を見送った私たち四人は、重い足取りで新学期を迎えた。

「俺、男一人になっちゃったな。俺、専門は好色物だから、あいつみたいなロマンティックな話はできないしなあ」

安永は自虐的にそう言った。女の子たちは、いいじゃん、好色物も知りたいよね、とか、じゃあ私が光源氏の話をしてあげるわ、とか、『万葉集』の相聞歌も好色物に劣らないわよ、などとフォローしている。私だけが口をきかなかった。安永は、どんな言葉をかけたらよいのか困惑していたのだろう。ぎこちない表情で、反応を確かめるように、そろそろと私に近寄り、小さめの声をかけてきた。

「秋香さん……、元気出してよ。なんて言ったらいいか……わからないけどさ」

阿木も佐藤も、そおっと声をかけてくれた。

「いつもの秋ちゃんに戻ってよ、なんでもいいから、何か言って」

しゃんとしなくちゃいけない、とわかっているのだが、どうにもしゃんとできない。自分でも気持ちの整理がつかない状態なのだ。その整理する気持ちが、いったいどんな気持ちなのかもよくわからない。

「君にとって大切な人だったんだよね。辛いとは思うけど、なんとか乗り越えていこうよ」

安永の言葉を聞いた瞬間、弾かれるような気持ちになり我に返った。安永の言う大切な人、というのは恋愛感情の含まれている、特別な意味をもつ言葉だろう。だったら、違う。

「違うわ！」

違う、違う、違う。突然の言葉に、何が違うの？　と佐藤が訊き返した。

「大切な人、そういう相手でも関係でもないわ」

「違うの？　私たち、てっきりいい仲だと思って、邪魔しないようにしていたのよ」

阿木も、意外そうにそう言った。

「だから私たち、ほとんど口はさんでなかったでしょ」

「そうそう、二人の世界をそっと見守ってあげてたのよ」

安永が頷いている。三人とも、そんな気遣いをしていたのだとは思いもしなかった。

言われてみれば確かにそうだったかもしれない。

「好きだったんじゃないの？」

安永が訊ねた。私は淡々と答えるしかなかった。

「もちろん、好きな人だったわよ。でも、恋愛感情とは違うわ」

三人は言葉を返さなかった。私と葉桐は同志だった。山の向こう地平線の向こうの、空の彼方の世界をめざす同志だった。

私の研究分野は民俗学だった。屋上仲間の前では取り立ててそれを語ることもなく、同志を送ったあとは自然と演劇活動にのめり込んでいった。生家の古い本棚で、会ったこともない祖父の戯曲集を覗き見た時から演劇への関心に火がついて、高校時代は校内演劇大会で主演女優賞を獲得したこともあった。興味は天鈿女命《あめのうずめのみこと》から新劇、アングラまですべてにあった。大学に日本演劇史を学べる授業はあっても舞台芸術ふうの授業はなかったため、学内にある劇団でそれを経験することにしたのだった。

いくつかある劇団から、私は自分の研究分野に近い劇団を選んだ。その劇団にはプロ劇団を志向する先輩学生がいて、日本の民俗や芸能をベースにした独特な内容の脚本を創作し、団員たちに演じさせていた。男性七人、女性四人の少人数劇団である。これでスタッフ業もこなすのだから莫大な仕事量である。人数の多い時期もあったが、方向性で折り合わず退団していった者がけっこういたという。少人数ということは、役者一人一人の力量がかなり重視されることになる。入団当初は「視る」期間だと説明され、先輩団員の稽古風景を視ることに専念させられた。

稽古場所は、屋上仲間がもっぱら活動場所にしていたのと同じ屋上の一角だった。周囲に同じ高さの建物はなく、一帯をひとりじめしたような開放感がたまらない。そこでの稽古風景を視て驚いた。一人一人の表現力が半端でないのだ。たかが発声、と思ってはいけない。一声に漲る個性と存在感は、その後に創造される重厚で深みのある質の高い劇世界を興味深く想像させる。エチュードにしても、場面設定をされただけで一人一人がまるで異なる台詞や動作を即興表現できる。先輩団員の四肢の先からは熱が迸り、私の芯まで潜り込んでくる。その瞬間、彼らに対して言いしれないほどの畏怖の念を抱かずにはいられなくなる。

先輩団員の燃えたぎる情念に全身を熱くさせられるひと月がすぎた頃、今日はみっちりミーティングをやるぞ、とリーダーから声がかかった。何？　何？　何事？　とあちこちで怪訝そうな声が上がる。ここでやろう、と指示されるまま、使用許可を得た空き教室の片隅に机を固めてみんなが集合した。それぞれが適当に椅子を引っ張り出して座ると、一人が、突然に何事ですか？　と訊いた。リーダー、この人が脚本家であり演出・監督専門の人であったが、彼は引き締まった表情をつくって、これからみんなに自分の舞台名を考えてもらう、と答えた。ああ、本名は使わないんだ、と思っていると、市川《いちかわ》という男が、なんで舞台名なんっすか？　と訊ねた。リーダーは二つ頷くと、ゆっくり説明を始めた。

「君は市川だよね。だが、舞台の上では市川の行動や言葉をそのまま演じるわけではない。それは役名があるからわかることでもあるけど。その役を演じる者の名前は市川でもいいし、自分の付けた舞台名でもいい。普通はそれでいいんだよ。ところが、この劇団は独特な、ほかの劇団にはない持ち味で勝負しようとしている。うちは、舞台に現実と非現実を融合させた空間を創り出そうとしている。そこで、だ。チラシやパンフレットを観客に見せる時点で既に芝居は始まっている。だから劇団のムードに合った名前を見せることが重要な演出のひとつになるんだ……」

はあ、なるほど。私は自分なりにリーダーの考えが理解できた。他のメンバーも、それなりに納得できたらしく、みんなで一人一人の舞台名を考え合おうということになった。女性陣から始まり、まず団員としては一年先輩の同級生、若部美保子《わかべみほこ》の名前をどうするか、ということになった。本人には希望があるのか？　とリーダーが尋ねた。

「アタシは万里の長城に憧れているから万里かな」

美保子の言葉に、バンリ？　とみな一斉に目と口を大きく開け、そして考え込んだ。誰も同意はしない。本人は意外な反応に頭を抱え込む。

古田《ふるた》が、漢字だとマリと間違えそうだし、片仮名のバンリは男のイメージが強いので濁点は避けたほうがいいのでは、と言う。じゃあハンリ？　ハンリもなんか違うなあ、と誰かが言うと、日本の祭りとか伝説を元にした話が中心になるのにバンリは中国っぽいからだめだ、長いのが好きなら川にしたら？　トネはどうかな、とまた別の者が言う。利根川のトネってこと？　と美保子が訊ねる。なんだかお婆さんみたいだという声が二つ飛ぶ。色のイメージで青というのはどう？　と城崎《しろさき》が言う。美保子は日頃よく青系統のジャケットを身に着けている。こんな調子で候補名が十も二十も飛び交う。リーダーが美保子に問う。

「どうだ、気に入るのがあったか？」

「後回しにしてください。秋香さんから決めてもらって、アタシは逆にそれに合わせて決めますから」

ということで、役者志望のもう一人の女、私の番になった。

「みなさんの目から見た私の特徴はなんですか？　その特徴をもとにした名前にしようかなと思います」

「あ、なるほど」

私の提案にみんなも頷き、口々に思いを述べ始めた。といっても言葉は違っても言おうとすることはほぼ同じで、私の特徴は赤い口紅、ということだった。私が大学に進学すると決まった時、町の小さな薬局の化粧品コーナーで母が有名メーカーの口紅を一本買ってくれた。それを薄く伸ばして塗っていたのが、みんなの目には印象的に映っていたらしい。口紅か……。

「じゃあ、私は片仮名でベニにしようかな」

大きめの声でそう言うと、いいね、ピッタリ、の声が返ってきて、即決定となる。それを聞いていた美保子が、「じゃあ、私は片仮名でアオにする」と一声上げる。「それ、うちの馬と同じなんですけど」と薮田《やぶた》が笑う。美保子が、「その馬、オスなのメスなの？」と訊き返す。「オスに思えて、実は牝馬なんだ」と薮田が言うと、「じゃあ、私も女だからいいじゃん」とわかったようなわからないような答えを返し、みんなで大笑いをしたのち、決定となる。あとの女性二人はスタッフ専門のため今日は決めないが、役者を務めることになったらすぐに決める、ということで男性陣に話が移った。

舞台名決めに一段落つくと、新入団員にも練習用の台本が渡され一役ずつ与えられた。既成の戯曲から選んできた作品を焼き直したもので、私ベニは踊り子の役をもらった。体験したこともない場所で、体験したこともない仕事をする、台詞もわずかな役である。小さな役であるが、主人公を現実から夢の場面に誘っていく重要な役どころである。先輩団員アオには老婆の役が与えられた。その練習用の役柄がそのまま新人入団記念公演の役柄となり、学内の大講堂を舞台にして初めて大学生の前で演じることとなった。

公演案内のチラシにはベニ、アオの文字がくっきりと印刷されている。構内広告の立看板にも同様の文字が入っている。表現意図と表現内容を役者名が支える効果なんてそれまでの生活では考えたこともなかった。私は自分の名前にずっと違和感をもっていた。キクザキのザの響きが物心ついた頃からしっくりこないのだ。だから家の跡取りは当然名前も継ぐこと、という約束事がどこか素直に受け入れられないでいた。自分を演出するためには名前を変えることも必要かもしれない、そんなドウデモイイ思いがこの時頭を掠めた。

本番当日は「ベニ！」と演技中に掛け声が入り、終了後は演技を褒めてくれる観客の声を耳にし、雀躍の体で大喜びしていると、監督はさんざん貶しにかかった。どうもおまえの演技は一人だけ派手すぎる、台本を解釈できていない、というのである。それは感性と個性の違いでしょ、と言いたかったが、あまりに説得力のない理由なので、そのまま胸にしまい込むことにした。

かける眼鏡が異なれば脚本の色も異なる。一人一人の脚本の色が違えば、バランスよくまとまった作品には仕上がらない。確かに、台本の解釈に無理があったかもしれない。かといって、時間が経てばどうにかなるものでもなかった。大正時代のカフェのような雰囲気を、と言われてもそんな抽象を具象化する方法なんてわからない。昔の芝居小屋の雰囲気で、と言われてもそんなところを覗いたことなんてない。サンシャイン市にあったのは小さな田舎劇場だけで、そこではチャンバラ映画や手品しか目にしたことがない。あとは父母、祖母の喧嘩芝居ぐらいだ。

だが、監督はこうやって難題をふっかけながらも密かに看板役者を選んでいたらしい。私もその候補にされていた。そもそも女性が少ないうえにその女性四人の個性はまるで違い、二人は初めからスタッフ志望だ。流れのまま、私が中心的な役者に置かれることになる。台詞覚えがよいと言われ、長短百数十もの台詞を二日で覚えるも、台詞の意味や実際の様子はまるでわからない。監督の趣向など知りようもないのだから、同じ色にはならない。

子どもを身ごもったことも産んだこともないのに、乳飲み子を連れた貧しい女を演じろと言われても、わからない。不知火伝説の郷里を離れ、放浪する女だ、北海道民話に出てくる少女だ、と言われてもまるでイメージできない。監督は、そうじゃない、よく考えろ、と吠える。リアルを求めなくてよい、と怒鳴る。白石加代子《しらいしかよこ》と李礼仙《りれいせん》なら白石のほうだ、と、さらに理解できない。早稲田小劇場の芝居を観に出かけ、白石の姿勢や所作を見ても、重い物言いや寄り目を個性的だ、シュールだと思ってみても、監督の言うことはつかめない。私はむしろカルメン・マキに憧れて、前髪は切りそろえ、伸ばした髪はソバージュにしていたぐらいだから方向性はまるで違う。天井桟敷や状況劇場と比較し、違いはわかっても、物真似コンクールではないから「早稲小《わせしょう》の白石」から取り入れるモノがわからない。たかが学生演劇の監督が偉そうに、と頭で反発しながらも、体は演技に勤しんだ。そのうち、大学の授業では教えてもらえなかった脚本の読み解き方が理解できるようになり、ト書きの一言一句にも場を深く理解する鍵があることに気づくようになる。そうすると、監督の求める演技もしだいに体現できるようになり、ベニに個性が備わってきた。

開き直りも覚えた。大都会に放たれた山ザルが、渋谷の丘に建てられたテント小屋や六本木自由劇場の小舞台で下手くそな芝居に情熱を傾けたって滑稽でよいではないか。へっぴり腰でブギウギのリズムに乗って、調子っぱずれの声で歌い喚いてみたって陽気でよいではないか。山も陽も見えないビル陰で、山ザルだって四肢をいっぱいに伸ばして、何かと挑戦してみたくなるものだ。

小さな劇場に観客がたくさん入るようになると、表現する私を見つめてくれる観客の反応を敏感に感じ取ることができるようになった。それは自分にとって喜ばしいものばかりではなく、明らかに批判的、否定的な目だってあった。それが演じている身にストレートに伝わってくる。そのさまざまな反応がかなりの圧力となって押し付けてくる中で、自分と観客とが無言で対話のできる演技というものを真剣に考えるようになった。観客への迎合ではなく、質は落とさず相手の芯に迫っていく演技と、その演技への評価が生で返されてくる関係の構築である。それを繰り返していたらある日、大都会を征服し、御している感覚まで生まれ、《私》の存在というものをそれまでよりも強く意識するようになった。

《私》の可能性をとことん試してみたい。考えてもみなかった覚醒だった。それは私を育てた生家近隣・親戚の期待とは正反対の方向への更なる出発の瞬間だったかもしれない。

山のあなた、地平線の彼方へ行くというのはこういうことをいうのだ。まだ見たことのない世界には、私の求めている幸せが横たわっている。いくつもの山々を越え地平線を越えて求めていくのには夢があり、生まれてきた喜びがあるというものだ。私は女だとか跡取り長女だとかであることを踏み潰したところで《私》を生かしてやろう、輝かせてやろう、と思っていた。《私》の中には、私の理想とする私、偶像化された私が在った。

大学卒業後、美保子と城崎、市川はプロ劇団で活動することになった。私は彼らの誘いを断って、生家から車で三時間の山陽の街で一教員になった。県の教員採用試験に合格し、県教育委員会の指示に従って着任したのが山陽だったのである。どんな村や町があるのだろうと夢を膨らませていた山の向こうの山陽は、『山のあなた』の詩の言葉に従えば「幸い」が住んでいるはずの街である。あの校長が私の住む山陰と比較した街、でもある。その未知の世界へ、震える心と大都会で築いた挑戦の気負いをもって私は乗り込んだ。

学生演劇で鍛えた表現力が身を助けてくれ、白石加代子の安定感のある足の運び、李礼仙の語る腕の角度、彼女たちの冷静で力強いムード、それからエチュードで鍛えた体の構え、相手の芯に響く発声で、誰にも真似できない私の国語教室を開き、指導者・学習者一丸となった授業を創り続けた。それは小劇場で活動してきた演劇の空間そのものだった。あれほどまでに手こずった脚本の読み解きは、学習教材の多角度読解・多角度解釈へと効果的に生きて働いてくれた。

——そうだった、その後、その《私》が臆病な私を挑戦者として奮い立たせ、生かしてきたのだった。その私の実践や小論文が全国版の専門誌に何度か紹介されることもあった。だが、いつの間にかこの原点すら忘れてしまっていた。いったい自分は何をやっていたのだろう。みずからの力でよじ登ったステージから、いともたやすく転がり落ちてしまったではないか。

学級数二十、職員数八十の、新しい職場ではパート職であったが、自分のもつ免許で働けるので助かった。嬉しかったのは、真秋や浩紀を養えるだけの給料がもらえること、若者たちと学習教材を媒介として言葉を交わせる環境にあること、思いのままに真昼の空を見上げ瀬戸内の光る海を眺められること、だった。

男子ばかりの工業系クラスの初授業の時間、本時の課題の板書にかかったところで、

「先生、独身ですか？」

と、私の背中に大きな声が飛んできた。若いし指輪をしていないから、とのこと。若いだなんて半年ぶりに聞いた。以前担当していたクラスの中学生たちが半世紀族の私に、半ば冗談、半ば本気で言ってくれていたのを思い出して、大笑いをしてしまった。その笑い顔を見て、高校生の男の子たちが大笑いを返してくれた。心地よかった。病気の母のことも子どもたちのことも貧乏暮らしのことも忘れて、こんなに笑えたのは久しぶりだった。指輪をしていないことについては、咄嗟にこう答えた。

「手を洗う時石鹸が指輪に溜まるから、取るのが大変でしょ。だから外しているの」

だが心中ではそんなところまでチェックされたことで、なりふり構わなくなっている自分の姿を少し気にしていた。指輪はちょっと前、食材に変身したばかりだった。そんなことよりも、このところの流転無窮ゆえに夫の存在をまるで忘れていることに気がつき、我ながら驚いた。

夫には生まれもった難しい病気があって、どうしても独り暮らしをする必要があるということで、長いこと家から離れている。この状況を他人はあれこれ詮索するだろうが、気にしたい者には気にさせておけばよい、と気にしないことにしていた。それでそのまま、すっかり忘れてしまっていた。いつだったか、真萩が夫のことを「たまに家に来る親戚のおじさん」と呼んでいるのを聞いて、私自身が父に抱いてきた思いと似ているかもしれないと、胸が痛んだ。ただ夫と父は根本が違った。夫は家のために何かをするということはほとんどない。自分の収入は、自分が稼いだものだからと自分だけのために使ってしまう。給料が銀行振り込みになったことが災いしている。あの父でもそんなことだけはしなかった。

その晩、仕事着としている何着かのスーツを点検した。布地が毛羽立っていないか、擦り切れていないか、スカートの折り上げは落ちていないか……。なりふり構わなくなっていたって、学習者に対して失礼のないように心配りをする必要はあるからだ。目と手でその作業をしながら、頭の中には正規教員として働いていた頃の自分の姿を思い浮かべていた。

あの頃は陰《かげ》に徹した。教壇に立つ時の私は、舞台に立つ時とは違って存在感を抑えた。主役は学習者であり、自分はあくまで誘い、後押しをする脇役であり黒子であるからだ。だが、なりふりには注意を払った。狐が登場する読み物の授業では狐色の柔らかい生地のスーツを着た。ポプラの葉をモチーフとした詩の授業では渋い緑のスーツを着た。宇宙が舞台の小説では黒のジャケットの内側に銀色のブラウスと銀色のベルトを着けた。教室内の装飾や掲示物、その色、形まで効果的になるようにと配慮を重ねた。それが、いつからか、なりふりも構わなくなっている。これでよいはずがない。若者の国語教室に枯れた生活臭はふさわしくない。よいはずはないと思うのだが、自分の中には現況を乗り越えるための瑞々しいエネルギーが足りない。

「菊崎先生ですよね」

ある日の午後、職員室入り口付近に立っている私に一人の男性がそう声をかけた。旧姓を知っているその人は、背の高い体格のよい健康そうな人だった。両手にスポーツシューズの箱を抱えているその人が誰だかわからず不審な顔をしていたのだろう。

「吉井《よしい》です。先生が新任の年にお世話になったやんちゃの吉井、覚えていますか？」

その人はシューズの箱をずらし、背中を丸めて私の顔を覗き込んだ。私は彼の顔をまじまじと眺めた。面影はたっぷりとある。思わず頬が緩んだ。

「ああ、吉井君。サッカーの上手だった吉井祐介《ゆうすけ》君。まあまあ、大きくなって」

私の反応にその人は背筋を伸ばした。

「いやあ、もういいおじさんですよ。僕ね、あれから中学校でも高校でもサッカーを続けていたんです。だけど足を傷めてしまって……。今は、スポーツ店に勤めているんです。今日は、サッカー部にいいシューズがあるから見てもらいに来たんですよ」

「まあ、そうなの。私、そのサッカー部員の多いクラスに授業に行っているのよ」

「え？　先生、この学校の先生になっちゃったんですか？　小学校から中学校へ変わったことは風の噂で聞きましたけどね。今は高校ですか。どうしたんですか？」

「まあ、なんというか、人生いろいろよ」

「ああ……そうですね。僕も他人《ひと》のことは言えないや。ほんと、人生いろいろですよね。よくわかりましたよ」

吉井君は大口を開けて笑った。あの頃と同じ顔で笑ってはいるが、ここに至るまでの心の整理にはずいぶん苦労したのだろうなと勝手に想像してみる。

「先生、じゃあまた。早く行かないと、みんなグラウンドに出てしまいますからね」

そう言い残して吉井君はサッカー部の部室のほうに向かった。

三日後、件の男子クラスへ授業に向かうと、廊下にいたサッカー部員がぐるりと周囲に集まってきた。

「先生、サッカーの指導が巧いんだって？」

「クラス対抗サッカー大会で学年優勝したんだってね」

「十クラスもあるのに男子も女子も優勝ってすごいよ」

「頭脳作戦、たたき込んだんだってね」

「僕たちの練習、見にきてくださいよ」

「いやあ、こうなったら僕らのサッカーも指導してもらいましょうか」

吉井君が余計なことを言ったなと思い、切り返そうとしたが大笑いをしている長身の彼らには声が届かない。

「国語の授業もすごいんだってね」

「吉井さんなんか、感動して涙をびしゃびしゃに流したって言ってましたよ」

「ほかにもたくさん感動の涙を流した子がいたって聞きましたよ」

「僕たちにもそんな授業してくださいよ」

「国語の授業で感動の涙って一度も経験したことなんかないなあ」

「どんな読み物の授業だったんですか？」

吉井君が何をどこまで喋ったのかはわからない。このことがあってから、新任当時の私が教員としての意欲をどんどんかきたてられたクラスのことを鮮明に思い出した。楽しかった。おもしろかった。できることを徹底的にやってやろうと、寝るのも忘れて授業創りに打ち込んだ。子どもたちも素晴らしいパワーで応えてくれた。あの頃はよかった。あんな授業をもう一度やってみたい……。いや、こんな気持ちをもうもってはいけない。辞職する時、もう振り返らないと決心したのだから。

時にこうした乱心に振り回される日もあったが、じっと耐えてその《時》が通り過ぎていくのを待った。

歩行介助と日常支援が必要で危篤状態を繰り返す母、病が治まる気配もない子どもたち。それなりに大変ではあったが、この高校で心穏やかに働かせていただく生活がそれから五年ほど続いた。役職も係もなく、職場の歯車にもなれないパート教員であることからくる多少の不満とストレスは、気にしなければ気にしないで済むような五年であった。

その五年目も終わる三月の中旬、久しぶりに母を連れて国道３１５号を北上した。よく晴れた暖かい日で、出発して間もなく母は居眠りを始めた。昼前、生家に着き、座席から母を降ろすと、母は石垣の上の家屋を見上げて笑顔を見せている。ここがどこか、まだ認知できているのだ。石段を上らせるために体を支えると、母の体がみずからの意志で積極的に動こうとする。石段をそろりそろりと蜥蜴のような格好で這い上がり、四つん這いのまま玄関に向かう。私が玄関の戸を開けると、そのまま敷居を乗り越え、上がり框に手をかける。そこから近くの障子戸につかまって立ち上がり、両膝を曲げ、前屈みの不安定な姿勢のまま、一歩、二歩と足を出し、長年使っていた籐の椅子めがけて倒れ込む。そしてそのまま座り、目を閉じて静かに呼吸している。椅子に敷かれたクッションを見ると、少しずつ濡れていくのがわかる。オムツから横漏れしたのかもしれない。だが、今動かすと、きついだろう。このまま眠らせておいたほうがよいのかどうか、迷う。

お腹の上に置かれた手を見ると、泥や砂粒が付いている。水道を止めているため、裏庭の瓶《かめ》に流れてくる山水でタオルを湿らせてその手を拭こうと考える。家の裏手に向かうと、カサカサと枯れ草や枯れ葉の上を何かが転がる音がする。続いて、重みのある音がゴトッと聞こえ、止まる。音のほうへ行ってみると狸が一匹横たわり、苦しそうに全身を痙攣させていた。山から転がり落ちてきたのだろう。透き通るような青い目の、お尻周りの毛はふかふかできれいな、飼い犬のような狸である。擬死ではなさそうだが、どうしたらよいかわからないまま、幹部交番に電話で相談すると、間もなく赤色灯を回しながらパトカーがやってきた。体格のよい警察官が猟友会の男性を伴って、どこですかー？　と大声で叫ぶ。

「おい、おまえ、どうしたんか？　大丈夫か？」

瀕死の狸を発見した警察官は何度もそう声をかけ、猟友会の男性は、

「山の開発が進んで農薬にやられる動物が増えた。奥山には動物の死骸がいっぱいあるよ」

と、最近の山事情を説明した。

生家の山も多くの部分を父が生きている時に都会の業者に売り渡したのだった。ゴルフ場になったところに農薬を使うと聞いたことがある。そのせいで、狸の一家も健康被害に遭ったのだろうか。名前も知らない多くの動物たちとすれ違いながら育って

きた遠い日に思いを馳せ、心苦しさと寂しさを覚える。

　使おうとしていた山水にも農薬が混じっているかもしれない。そう考えると、もう手も伸ばせない。長いこと生活を支えてきた絶え間なく湧き出るきれいな水が病んでいる？　めいぼ（ものもらい）ができると、小豆を九粒てのひらに載せて、おまじないを唱えながら山水で満たされた池に落とした。水神様がきれいな水で目を浄めてくださって、目の腫れはすうっと引いていった。その水が病んでいる？　そういえば沢蟹の姿はひとつもない。植物は大丈夫なのだろうか。水瓶の周囲では、カタクリの群れがこぼれ落ちる山水を受けて葉を広げ、可愛らしい薄紫の花を咲かせている。


　六年目の勤務が始まる四月八日、新年度始業式の日のことだった。

　花の散り終えた桜の木々の下を抜け、職員室に入って自分の席に行くと、机の上に置いたはずのわずかな荷物が見当たらない。しばらく捜すと、あるにはあった。少し離れた机の、堆く積まれた本やふっくら膨らんだ紙袋の陰に。見本用国語教科書一冊、これは自分用に使わせてもらっている教科書である。国語辞典一冊、国語副教材一冊、そしてつい最近のものと思われる横長にちぎれたＢ４判の配布プリント一枚、「青山《あおやま》先生」と書かれた自分宛の新年度時間割表が一枚。あとは、斜めに傾けて置かれた私物ノートパソコンとブックエンド。私は真っ直ぐに整理しないと気に入らない性質《たち》である。なんで、こんなに乱れているのだろう。少し考えたあとに気がついた。今年度の席は複数の人間で使うのだ。自分の席でもあるが、他の教員の席でもあったのだ。誰と一緒に使うのか確かめて納得した。相手の教員は私の荷物を押し出し、自分だけが使えるようにしたかったに違いない。日頃から自分宛の配布物を他教員の机上に置くようにと指示を出す、変わった考えの持ち主であることは既に周知のことであった。それにしても、そこまでやるだろうか。

そもそも私は、前年まで週十七時間程度の授業を与えられていたのが、今年に入って突然九時間に減らされ、その内訳があまりにも効率的でない。例えば一時限の次が六時限などで、授業外の時間は給料支給対象にはならず、時間の空費となる。それで申し出た結果、さらに五時間に変更となった。そのことが大きく関係しているのだ。授業数が多ければ一人でひとつの机が使える。だが、授業数の少ない者は二人でひとつの机を使うことになる。三人でひとつを使っている例だってある。それはこの学校の法則、常識で、私の相手は私の三倍近い授業数をもっている。当然その机を一人で使う権利があるのだと思っていることだろう。非常勤講師というパート職特有の縄張り争いである。教務部長はそんな相手と一台の机を使うようにと割り当てたのだ。そのことに無理があった。それは、職員室追い出しに等しいやり方であった。私は自分の荷物のすべてを車に運び込んだ。もう職員室で仕事をすることはない、できない、と思うと鼻の奥をすうっと水が流れた。

翌九日から、持参する荷物は更衣室の狭いロッカーに押し込むことにした。ロッカーだけは平等に与えられていたので助かった。教員として仕事をするようになって初めて、ロッカーの中をどう使うのが効果的かを考える場面に遭遇したわけだ。

ひとつの机を取り合うのも醜悪なことだと考え、授業と授業の合間は職員用下足箱の前で過ごした。授業で使う印刷物の点検は下足箱の上の花瓶の傍らで行った。印刷室のすぐそばなので、案外便利な場所だと気がついた。新発見である。他にも似たことをする教員がいたので、行くあてなしの立ち仕事が見破られなくてよかったと思った。

こんな私を見て、優しい教頭が、どうぞ職員室の中で仕事をしてください、と声をかけてくれたが、応えようがなかった。職員室に入ったところで居場所がない。仕事をする机も椅子も、私にはもうないのだ。こういうのを、惨め、恥かき、みっともない……というのだろうが、私の場合はどういうものか「武士は食わねど高楊枝」ふうにふるまう癖がある。育つ過程でつくられた、へんちくりんな自尊心である。さらに、どういうものか、この境遇を言葉で言うほど苦に感じていないし、実際ドウッテコトハナイのだった。

この高校で働くようになってこのかた、同じ国語科の教員たちとまともな挨拶や言葉を交わしたことがない。挨拶を返してくれないのは当たり前、教えてほしいことがあって声をかけても、妙によそよそしい。教材研究はしないのかと尋ねても、教師用指導書、あれは最高です、非常によく説明がしてあります、あれを読めば済むことです、時間の節約にもなります、と返される。目の前に迫った新教育課程についての研究も打ち合わせもしない。

それがこの四月になって教科主任は目を伏せたまま「おはようございます」と言ってすれ違って行き、そのすぐあとを、私の授業時間数の多くを奪った若手教員が、空気を啜るように「こんにちは」と言って手足の動作を無駄に速めて通り過ぎていく。小説を扱う授業で心情の読み取りをする場合、その人物の行動や表情、会話の表現などに着目させる。この二人の場合は、それに照らし合わせれば、非常に心情の読み取りやすい状況である。まあ、どちらも何かよろしくない心象の表れなのだろう。それにしても、今更なんのために挨拶をしようというのだろうか。私は二人に「おはようございます」なのか「こんにちは」なのか、時間を考えて言ったらどうよ、と言ってやりたかった。

私がこんな境遇に投げ込まれたのは、教職実務経験の乏しい上司が校長代理を務めたわずかな間のことだった。元同僚だったあの校長は急病であっけなくこの世を去り、門外漢の人間が代理を務めたのである。彼は、授業時間数を激減されたことに対する私の質問が遅いのを「いささか呑気だ」と言った。よく言うよ、と私は呆れた。

始まりは二月半ばのことだった。

「もう何か仕事は探しておられますか？　来年度は授業時間数が減ってもいいですか？」

校長代理からそう問われ、例年とは違う上司の物言いに多少の疑問を私は抱いた。それで、どれぐらい減るのですか？　と尋ねると、わかりません、と答え、そのまま三月末まで放っておいたのはそちらのほうなのに、とぼけたことを言うものだ、と思ったのだ。

その時は私学を統括している県の部署に相談し、担当官の指示にしたがって教頭に時間数の確認をすると、週十二時間という数字を示された。ところが、年度が替わって四月になり、最初の教科会議で教科主任から言い渡された時間数は週九時間だった。長年公立学校の教員を務めていた後遺症なのか、言い渡されたことを質したり反論したりすることはできず悶々とし、時間数を減らした教科主任への憤りでいっぱいになっていたのだった。県労働局からは、校長代理に説明を求めるようにとの指示をもらったし、話の中でこの学校には労働基準局に訴えるべき内容がけっこうあるようなことを言われたが、私に興味があるのは「授業がどれだけできるか」だけなので、その後、特になんらかの動きをしたということはなかった。はっきり言って、そんな経営者側の都合などドウダッテイイのであった。

授業が激減したということは給料も激減したわけで、十二万円以上のマイナスである。その結果、自分の食費は最低の線に抑えなければならなくなった。何かが腹に入っていればよし、とするのはこの高校にやってくる直前とほとんど同じ状況に近い。厳しい逆戻りであった。指輪に続いて換金した義母からもらった高価な宝石のブローチは一万円にしかならなかった。やりきれず、不本意ながら夫の扶養家族にしてもらうことにした。せめて国民年金保険だけは最後まで納めたかったので、そうせざるを得なかった。

その関係書類を作成した事務室の職員がまた人の心を逆撫でする。大きな声で個人情報を読み上げるのである。この職員から何かにつけて的の外れたことをされるのには慣れてきたので、もうドウデモヨカッタ。パート教員に勤務日でもない日に給与明細書を取りに来いと平気で言う、適当な返事しかしないのは日常茶飯事、お願いしたことを最後まできちんとやってくれないのは当たり前。おまけにこの四月から下足置き場の割り当てまでなくされている。おまけの部分は単純ミスだったと言い訳されたが、あの校長代理が私を呑気だというのなら、自分の管理下にある事務職員の配慮のない行動や発言こそ指導したらどうなのだろう。呑気だなんて、それはそちらのほうではなかっただろうか。

別の日、その校長代理からは、授業時間数の激減について質問すべき相手は物事の起点となっている人間である、と言われた。県の担当部署の指導にしたがって校長代理に質問をしたわけだが、当の本人としてはどうやら、三月末に翌年度の時間数を答えてくれた教頭に問い質すべきことだと言いたかったのである。だが、私から見れば起点人物は、どう考えたってその校長代理であると思えるのだが。まあ、これも、もうドウダッテイイことである。

四月中旬のある日、陽当たりのよいコンクリートの外階段に小さなピクニックシートを敷いて座り、軽く授業構想を練っていると、いつもとは違うニオイの風が吹いてくる。誘われるようにその風の源流を辿っていくと、女性職員更衣室前に着いた。中で泣いている人の気配を感じる。入るのをよそうかとも思ったが、中には次の授業に必要な道具が置いてある。悪いけれど三つノックをしてドアを開けた。中では若い新任教員が一人、タオルで目を覆っていた。授業が終わって帰ってくると、さらに一人増えていた。彼女の言い分を聞き慰める役割の人物が登場していたのである。二人はそのままお弁当を食べ始めた。私は道具を置くと、そっとその場を離れ、外階段でお弁当の食パン一枚をかじった。

学校とはこんなところだったかなあ。自分の新任時代は何かにつけて厳しくて、涙を流す同僚は何人も見てきた。だが、涙の理由を聞くことはあえてしなかった。それを乗り越えてこそ、単なる教員から一人前の教師になれるのだという考え方があったからだった。涙の中身を云々することより、乗り越えた涙の経験数を確かめることのほうが大切だったのである。

この更衣室しか行き場のなかった私だが、更衣室であるがために着替えに入ってくる者が当然いる。お弁当やおやつを食べに来る者、家計簿をつけに来る者、熱を測りに来る者、お化粧を整えるためにやってくる者……、四畳半程度のスペースにロッカーや長椅子、テーブルを置いた部屋は狭くて身動きが取れないこともあった。そんなところに私がいたのでは、さぞかし邪魔になったことだろう。時には、着替えますよ！　と必要以上に強調して、出て行けと言わんばかりの様子を見せる職員もいる。

そんな時、私は出てあげた。そういうことが一度あってからは、気を利かせて先に出てあげることにした。中には、いいんですよ、いてください、と言ってくれる者もあったが、ここは私の部屋ではないので出てあげた。そして、印刷室そばの下足箱の前に移動して、立ち仕事をしてあげた。

　私は九十度に曲がることもできない直進型イノシシ人間である。もう走り始めたことは曲げない。呑気だと言われようが、小馬鹿にされようが、今年いっぱいで首になろうがなんだろうが、真っ直ぐを貫くことにする。無机族になろうが、窓際族を飛び越えて無室族になろうが、授業ができる限り真っ直ぐでいよう、と思った。そんなに授業が好きなのなら、確実に授業をさせてもらえる他の学校へ移ったほうがよいのではないか、机だってあるだろうに、と言ってくれる人もいたが、もうあと戻りはきかない。私はこの学校で、勉強があまり得意ではないと言う生徒たちに、国語学習のおもしろさ、楽しさを味わわせたいと思っているのだ。それは、私が新任教員だった時代からずっと大切にしてきた構えなのである。

それに、もっと大きな理由もあった。
この高校には公立中学校を中途辞職した年に担任していたクラスの生徒が三人いる。偶然、全員授業で出会っている。今度こそはその子たちを裏切りたくない、せめて彼らが卒業するまで頑張りたい、と考えていたのだった。そんな私に職員室はないけれど、代わりに買い換えたばかりの小さな乗用車がある。私の職員室は小型自動車だ。

パソコンの使える場所を求めて校舎内をうろうろと歩き回ることがあった。要はコンセントなのだ。学校の仕事のためにいつも自宅の電気代を提供するのは筋が違うと思って校舎内を探すのだが、見つからない。更衣室の中に一か所コンセントがあるにはある。だが、ロッカーの陰になっていてプラグを差し込む幅に余裕がない。どんなに授業数を減らされたってパソコンを使うことはなくならないし、パソコンの中身の印刷だってしなければならない。広い学校の中にいるのに、パソコンを使うためのコンセントひとつすら見つからない。

そうやってコンセントを求めて廊下を歩いていると、しゃれたガラスの花瓶に生けられた可愛らしい季節の花に出会う。余っている生徒用の机の上に飾られた花は、心を和ませてくれるものである。……そう、ちょっと前まではそうだった。だけど今は、違う。その頃とは全く違う思いをもって見てしまう。花瓶や花のために使う机はあっても、私のために差し出してくれる机はないのだ、私は本当にどうでもいい存在なのだと、花にまで嫉妬してしまう。

新任時代、私は自分の机を与えてもらえたのが例えようのないほど嬉しかった。職員室の中に自分の名前の入った机がある。教室にも自分の使える机がある。それは自分が教員を越えて教師になれる日への切符を手に入れたことの証であったし、その学校を支える一本の柱になれる誇らしさをまとわせてくれる象徴でもあった。教育実習にやってくる実習生も臨時的に机が割り当てられる時、嬉しそうな顔をしている。センセイという自分の存在を実感させられるからだろう。机ひとつがこんなにも大きな意味をもっていることを、どのくらいの教員たちが意識していることだろう。たかが机、されど机、である。非常勤講師であっても、その学校の教員、先生に違いはない。それなのに私には、あの「机」がない。校舎内のどこにもないのだ。

やり場のない気持ちでどうしようもなくなった時、私は国道315号を車で走った。北へ北へと向かうにつれて車の通りも人影も少なくなっていく。どんなにくちゃくちゃの顔で泣いたって、大声で喚いたって、誰かが振り返るわけでもなく、この道は思うまま好きなように木々に包まれた時空を保障してくれた。その特別な時空の中で、溜まりに溜まった胸の淀みを吐き出した。

百キロも走ると淀みは晴れ、頭も胸も空っぽになる。そんな時口をついて出てくるのは『ユー　アー　マイ　サンシャイン』のメロディーだった。あと数キロ走れば生家に着くのに、このメロディーが出てきたら、いつも私は引き返した。南へ南へ、ユー♪　アー♪　マイ♪　サンシャイン♪　と、たくさんの音符を飛ばしながら山間の国道を走った。帰りが夜になることもあった。星が見える夜は喫茶『宇宙空港』への上り坂が銀河鉄道を駆けているかのように感じられ、脳内にさまざまなファンタジーが生まれてくるのを楽しんだ。国道３１５号、この道はどこまでも優しかった。

あいかわらず私は、天気のよい日は車の中でも更衣室でもなく、外のベンチや管理棟の二階につながる外階段で過ごしていた。同じ建物の中に会社を置く通学バスの運転士たちがそんな私に目を留めて声をかけてくれる。

「あんた、行くところがないのかね？」

「外は、まだ寒いだろうに」

「外で本なんか読んでいたら、目が悪くなるよ。紫外線が悪いじゃろうが」

「ワシらの部屋でよかったら、入って仕事をしていいよ。炬燵があるから温《ぬく》いよ。コーヒーもあるよ。テレビも見られるよ」

それぞれがバラバラにかけてくれるこうした言葉に例えようのない優しさを感じ、笑顔で応えながら胸の内で、ありがとうね、と呟く。

老練の進路相談員も声をかけてくれる。

「仕事をする場所がないのですか。進路相談室を使っていいですよ。机もあるし、暖かいですよ」

環境美化担当のベテラン教員も、校舎周辺を見回る途中で声をかけてくれる。

「最近お顔を見ないから、どうしておられるかと思っていました。先生が植えられたネコヤナギの枝がよくついて育っていますよ」

ネコヤナギ……、俳句の授業で句材に取り上げた時、今どきの高校生は、そんなモン知りません、と言うものだから、私が買ってきて見たり触ったりさせた枝のことを言っているのだ。それが元気に育っているとは嬉しい。

前年度授業に通ったクラスの担任たちも声をかけてくれる。

「今年はどこのクラスの授業を担当しておられるのですか？　お姿を見ませんので」

数学の非常勤講師も声をかけてくれる。

「今年はどうして職員室の中でお仕事をされないのですか？　中に入りましょうよ」

ピタと立ち止まって「おはようございます」と言ってくれる若い男性教員もいる。

日が経つにつれ、多くの教員たちがそっと寄ってきては声をかけてくれるようになっていた。日頃はゆっくりと話をしたこともない教員、名前すら知らない新人教員、通りすがりの挨拶かもしれないが、それでもよかった。自分が幽霊になっていないことが実感できるからである。自分の体はまだ他人《ひと》の目に見えているのだ。見てくれる人がいるのだ。一日たった一時間の授業のためであっても、ここに来てよかったと思える瞬間である。

対照的に、あの三月まで校長代理だった上司だけは、わざとらしく普段とは違うダミ声で「オはよう　ゴざい　マす」と単語ごとに一音目を強めて発声し、よろけていく。ちょっと笑ってしまう。ただ不思議なことに同じ教科の教員たちは顔も見ないままである。まあ、ドウダッテイイことではあった。

ちょうどその頃、私はインターネットのあるサイトで、退職に追い込むやり口を書いた記事を見つけた。二月頃「来年度から、君に活躍してもらえる部署（または仕事）がないのだが……」と話を切り出す、というものである。私も、次年度の話をされたのは、例年と違って二月だった。言われた言葉は「授業時間数が減ってもいいですか」だった。なんとなく似ている。だが、私の場合は正規職員ではないので、理由があって辞めさせたいのなら、筋を立てて言ってくれればよかったのだ。一般の会社では、それで抵抗した職員は「追い出し部屋」に送り込まれ、悲惨な仕事をさせられるのだとか。私は「それなら辞めます」とは言わなかった、つまり抵抗したことになるわけだが、世間で言われるそんな部屋は与えられなかった。「追い出し」だけで、「部屋」にあたる場所は、よければ更衣室、行くあてなしなら小型自動車、そして体育館横のベンチかコンクリートの外階段だった。図書館好きの私だが、残念なことにこの学校では図書館は機能していない。そんな私をベストセラー本の題名と絡めて「徘徊するホームレス教師」と、どこかで誰かが言っているような気もしたが、今どきそんな言葉を口にする人はいないはず。しかも、ここは神聖な学校だし。そんな気がしただけにしておこう、私はそう思うことにした。屋根上の装飾窓で、マリア様が中庭を見下ろして微笑んでいらっしゃる。

四月の下旬、ゴールデンウイークにさしかかった頃、中庭の「職員室」に向かう私を呼び止める声があった。

「先生、お久しぶり。お元気ですか？」

それは、昨年度、職員室で近くの席に座っていた女性教員であった。私とたいして変わらない年齢である。その彼女がなんだか冴えない表情をしている。

「どうかなさいましたか？　先生こそお元気なんですか？」

そんな私の反応を待っていたかのように、彼女は私を更衣室へと誘った。

ひとつしかない長椅子に二人で腰を下ろすと、日頃おとなしい彼女が珍しくよく喋った。よほど胸に溜まっているものがあったのだろう。彼女は私が最近の職員室の様子を知らないだろうと気遣って、職員室の強風地帯の話を始めた。

「強風地帯？　なんですか、それ？」

私の問いかけに、本当にうんざりですと彼女は答え、話を続けた。

始業式からまだ一カ月もすぎていないというのに、職員室にいるとやたら疲れるというのである。誰かと話でもして気を紛らわそうとしても、私はいないし、今までお喋りをしていた講師の先生も自己都合で辞職をして、もういない。だから、嫌な雰囲気の中でも耐えて机に向かっているというのである。ところが、時々、どうしても我慢しきれないことがある。その嫌な雰囲気というのがたまったものではないのだそうだ。彼女はそれを強風地帯のせいだと言った。

強風地帯とは、周囲をことごとく巻き込んで甚大な被害をもたらす竜巻の発生する地帯のことで、職員室の中央部に位置する特別な場所を指しているらしい。そこに誰の席があるのかは、職員室入り口の座席表を見れば一目でわかる。彼女によれば、相手が新校長だろうが上司だろうが同じ部署の重要な人物であろうが、生徒であろうが、真っ昼間から笑い者にし、貶める発言を繰り返しているというのである。周囲は聞きたくもないのに聞かされているわけだから、当然不愉快である。だが注意しようものなら、注意した者に向かって突風やら暴風やらが直撃し、板きれや看板までもが飛んできてとんだ災禍となることも理解できている。だから毎日聞き流すことにする。すると、次々と、メンタルやられるう……と不調を訴える者が現れてくるのだという。中心となっている人物の中には、例の教科主任や先日、私の周りに集まってさんざん担任への苦情を訴えた生徒たちの担任も含まれている。

「なんで今、そうなの？」

そう問う私に彼女は答える。

「先生だってやられたじゃない。職員室を追い出すようなことをやって。みんな言っていますよ。先生への待遇は、あいつらの口車に乗せられた校長代理が仕組んだことだって」

「え、口車？」

「そうです。ここだけの話ですけど、この学校の先生たちは公立学校の先生に対してひどいライバル意識をもっているんですよ」

「公立に対して？」

「そうです。だから公立に勤めていたと聞くだけで、目の敵にするみたいですよ」

「……確かに、そういった雰囲気を感じたことはありますけど、そこまで露骨にやってしまうんですか？」

「先生が着任される前に、亡くなられた前の校長が先生の紹介をされました。今度やってくる先生はもと公立学校勤務で全国誌に紹介される名物教師だとか、作文コンクールで二度も教え子を日本一に導いたとか、教育活動で大臣表彰を受けたことがあるとか、大学院でも優秀な成績を収めているとか、この学校の先生たちが望んでも簡単には手に入れられないものをいくつももっておられた。校長にしてみれば、そんな方がこの学校に来てくださるということは、ちょっとした自慢だったのでしょうけど、みんなはそれが悔しかったのですよ。それがすべてだと思いますよ」

「それは、いくらなんでも校長が買い被り過ぎです。亡くなられた方のことを悪く言う気はありませんが、美化し過ぎです。私はそんな優秀な教員ではありませんでしたよ」

「いいえ、いいのですよ、私は保護者からも先生のお噂は聞いています。生徒にも保護者にも信頼される、立派な先生だということはわかっています」

「そう言ってくださるのは嬉しいですけど、結局のところ、今の私が役立たずであるということに違いはありません」

「先生、そんなふうに言わないでください。聞いていたら、こちらが悲しくなってしまいますから」

彼女の話で、今までつかえていたものがすうっと腑に落ちたような気がした。学校の「が」の字も知らない校長代理が、糸を引かれるがまま私を今のような境遇に追い込んだと多くの教員は思っている。それがわかった。その教員たちはついにこの学校にもパワハラが横行するようになったと嘆きの声を交わしている、ということも知った。結局はそれまでの校長のように説得力をもって、彼ら不穏分子を抑える懐の深い人間がいなくなったがための結果なのだろう。トップが欠けた今、この学校を動かすのは自分だと食指を動かした人間たちが前面に出始めたのである。その校長に採用された私の授業時間数が極端に減らされたのも、その校長が考案した教育活動が新年度、即刻中止となったのも、彼らの仕業だということなのか。校長代理だった人間は単なる傀儡、口パク人形だったのだと、この時初めて理解できた。

職員室のど真ん中で、新校長の悪口や非難めいたことまで論じているということは、新校長が自分たちの傀儡になってくれないことへの苛立ちや腹いせ以外の何ものでもない。こう考えれば、新校長は新校長なりに自分の立場をわきまえ、よく頑張っているのだと思った。やれやれ。学校というものはこんなにも悪意の渦巻くところだったかなあ、とおもしろいものを見せてもらったように思った。

「先生、今の校長に直訴したらどうですか？」

「何を？」

「パワハラに遭っている、ということをですよ」

彼女は私の背後に多くの味方がいることを信じて行動しろと言ったのであろうが、私は断った。どうして？　と何度も問い返してきたが、私はそんなことはしません、と答えた。そんなことよりも、私は今後の成り行きを見てみたかった。人間というものは、いったいどこまで汚く、醜くふるまえるものなのか、他人事のように見てみたかったのである。もうひとつ、そうすることで学校というものに徹底的に愛想を尽かしてしまいたかったのである。

人生がうまく流れていかない。それまでにも増してそう強く感じるようになったのは夏も盛りになろうという頃だった。

職場での居場所がなく収入も減ったことへの苦しさが、さらに重くのしかかってくるようになったのだ。そのうえ、味わったことのない焦りが全身を襲うようになった。目を急激に悪くしたのが原因だ。三メートル程度離れた位置が異常に見えづらい。廊下では教科主任と副事務長の見分けがつかなくなった。それでも腹部の凹凸でかろうじて教科主任のシルエットだとわかると、脳内をあるメロディーが流れた。

『憾《うらみ》』（滝廉太郎）という楽曲がある。イメージとしてはそれに近いかもしれない。

全く同じわけではないので、私の脳内楽曲は「復讐のソナタ」という題名にでもしておこう。それがどのような刺激によって発生するのかを考えた結果の命名である。刺激を感知した時にだけ反射的に生じる、一オクターブの高低音が交互に連打される破壊的なメロディーのピアノ曲で、発想記号を添えるならアジタート（激情的に）だろう。思えば『ユー　アー　マイ　サンシャイン』はいつの間にか消え、この楽曲が脳内を占めるようになっていた。

「復讐のソナタ」を脳内に流しながら、私はある日ある策を練った。この口論見は誰にも言わない。全くの秘密である。（……それは、教科主任が全能の書として信奉し、好んで使用している教師用指導書に関わることである。複数人で書かれるという特徴をもつその書籍のライターになって、私が書いた原稿を教科主任に読ませてあげることである。いや、主任だけではない。この書籍はもちろん、同じ教科の他の教員たちも主任に倣えで読むことになるものである。それは、私をさんざん除け者のように扱ってきた国語科教員たちへの小気味よい復讐になるはずである。そして、体に害を及ぼすわけではないから、なんの罪にもならないはずである。それはおまえだけの勝手な思いで、思ったからといって即可能、というわけではないだろう？　だいいち、どうやってそんなことができるというのだ？　と言われるかもしれない。ところが、私にはできるのだ。起こした行動には結果がついてくる。収入が減り食べる物もままならなくなった時、以前取得した校正の技能を生かしてできる仕事がないか、少しでも収入を得る手立てはないかと、あれこれ探したのを契機に巡り巡ってこの結果にたどり着くことになったのだ。ある出版社で、気がつけば私は教育関係の原稿を書かせてもらう雇われライターになっていた。そしてこの頃には、時々ではあるが大手出版社の下請け仕事もさせてもらえるようになっていた。その仕事のひとつがこれなのである。教科書教材となる評論文数編を、どう解釈し、教材としてどう捉え、どう授業展開していくか、発問例はどのようなものか。何段階かの難易度を考慮しながら高校生のための効果的な学習指導法を考案した原稿を書く。そんな仕事だが、実名入りの仕事ではなかったので都合がよかった。）

その復讐を、「人を呪わば穴ふたつ」に当たるようなものだとは思っていない。だが、思いの不純さに審判が下されたのかもしれない。私の前に墓穴が掘られた。シルエット状態だった目の見え方が、さらに悪化してしまったのである。それで、出版社の原稿書きはきりのよいところで終えて、手術を受けることにした。学校は夏休み期間なのでタイミングもよかった。

手術を終え、久しぶりに出勤した日、優しい教頭は病状を気遣ってくれた。教頭もその隣の席の教務部長も病名に関心があるようなので、その時のために用意しておいた病名を伝えた。それは働き盛りの男性に多く発症すると言われるストレス性の病気の名前であった。インターネットなどで説明を読むと、一応症状は酷似している。だが、私の本当の病気はそんな生易しいものではなかった。職場のこの場面でたとえ正直に伝えようが似ている別の病名を伝えようが、相手に詳しいことはわからないだろうし、相手もそんな詳しい説明は望んでもいないだろう。形式だけの報告をしたまでのことである。

私にはわかっている。あれだけ気遣う素振りを見せてくれても、それはそこで終わり。居場所のない私が過ごすのは、結局、多少風のある体育館横のベンチである。九月の屋外はまだ暑いし、光が目にきつい。目を庇うには陰のほうがよいので探すが、適当な場所はなかなか見つからず、目の見えにくい私には辛い仕事であった。もういっ、とその辺に座り込む。ホンモノの職員室は涼しかったなあ、そんなことを考えながらうっすらとした遠くの山に目をやる。

休憩時間になり、教室移動をする生徒たちが私の前を次々と行き過ぎる。光のせいもあってほぼシルエット状態なので、いったい誰が通り過ぎたのかわからない。ただ、知っている生徒なら「こんにちは」と声をかけてくれるが、目の前の集団にはそれがないのでたぶん担当していない学年・クラスなのだろうと、勝手に想像してみる。幼い時、一度だけ目が見えなくなるほど患ったことがあった。その時は母がホウ酸水で目を洗ってくれ、いつの間にか治ったのだった。原因は不明だが、あれは九粒の小豆を使ったおまじないでも効かなかっただろうなあ……と脈絡のない、時の旅をしてみたりする。

目が不自由だと出かける気にもなれない。録画したサスペンスドラマをなんとなく観た気になって一日が終わる。逆に夜は鮮やかな光景の広がる世界を訪ねていくことができた。夢の中では何もかもが鮮明に見え、記憶している光景や経験が新たな光景やドラマを生み出し、初めてのような体験をさせてくれる。そのことに心地よささえ覚えた。夢の舞台は学校現場が九割以上だった。現実世界では見たこともない古い三階建ての木造校舎を何度も歩いた。少し複雑な教室の配置は繰り返し訪れるうちに覚えた。登場する教職員や生徒は現実の中で出会っている人物が時系列かまわずまぜこぜになって現れた。その学校で生徒たちと共に熱気みなぎる授業を創造した。掲示物が長期間変化のないクラスでは環境委員や掲示係を呼んで、教室掲示の工夫について話すこともした。カーテンがだらしなく垂れ下がっているクラスでは、カーテンのまとめ方にもさまざまな工夫ができる具体例を示すこともした。夢の中で私は考えていた。自分にはやり残したことや思い残していることがたくさんある、たくさんあるのだった、と。現実の中ではもう過去のことだと忘れ去ったかのようにふるまっているが、夢は正直に私の懺悔を晒して見せてくれるのだった。

なかなか眠りにつけない晩、真剣に考えた。日々得体の知れない退屈さをもてあましている私と、正規教員として夢の中の学校に今なお足を運び、張り切って生徒に接したり教育環境をああだこうだと批判したりしている私の、どちらが本物の私なのだろうか、と。だが、しかし、そんなことは、もう、ドウダッテイイこと、だった。

母の体はますます弱まり、今までの施設から少し条件のよい新しい施設へ、さらに個人病院へと身を移していた。その新しい入院先へ住民票のあるサンシャイン市から要介護認定調査のために調査員が訪ねてきた。国道３１５号を長時間かけて南下してきたのだ。調査のたびに施設だの病院だのと訪問先が変わっているので、ご迷惑をおかけして申し訳ありません、と詫びる。いくらでも時間が取れる身となり、久しぶりに立ち会いをした私の前で、調査員が母に質問を始めた。母は笑顔で対応している。

「今日は何月何日ですか？」

「……さあ、……よくわかりませんねえ」

「ここはどこですか？」

いつも答えられずに調査は終了すると聞いていたのだが、この日は教えていなかったにもかかわらず「K」と病院のある町名を答えることができた。誰かに教えてもらい覚えていたのだろうか。つい最近のことが記憶に残ることもあるのだ。三音の短い固有名詞だが、母の言葉には生気があった。ただそれだけのことに強く驚いた。そしてたったそれだけの言葉なのに、嬉しかった。そうしていくつかの質問と、さあ、わかりませんねえ、という答えを繰り返したあと、調査員が不意に私のほうに手を伸ばして、この人は誰ですか？　と母に尋ねた。

「……さあ、たぶん……身内の者だとは思いますが、誰かはわかりません」

小首を傾げながら、ゆっくりと、母はそう答えた。

私は……ちょっと、表現しようのない……意外さに、頭から米袋を被される感覚に襲われ、面食らってしまった。確かに認知に問題はあったが、母は娘の私が誰だかわからないのだ。わからないまま話を合わせていたのだ。父の葬儀・四十九日の法要のあと一度も顔を見せない妹のことはよく話の中に出していた。なのに二日おきに洗濯物を交換し、身の回りの世話をしに訪ねる私のことは誰だかわからないまま、受け答えをしていたのだ。いったい、いつからこうだったのだ。これだけ近くにいるのに、全く気がつかなかった。母は私の声、いや言葉にしか反応していなかったのかもしれない。顔なんて、姿形なんて、見えても見えなくても母にはなんの関係もなかったのだ。私ではなくて、他の人が同じことをしたり話しかけたりしてもよかったのだ。なんの不都合もなかったのだ。

母から見れば、母の目の前を動く人間は、ちょうど私が目を傷めて他人を見分けられなくなったのと同じ状態、判別できないシルエットのようなものだったのだ。それは踏まれる影よりも惨めな存在。影ならば影のもととなる実体が共に在る。だが、私は温もりも息づかいも感じてもらえない、実体のない存在になっている。影の部分だけが実体から切り離されたシルエットとなって。母の世話をしてきた私のシルエットな日々は、空虚な空白の時間だったのだ。いったい私は何日何時間何分何秒という時を空転させていたというのか。気が抜けきった母の顔など、もう見たくもないと思った。大任、職場、上司、授業、机、職員室、視力、母親……、私を支えてくれていたものがどんどん遠ざかっていく。

ピクニックシートと仕事道具の入った小籠を提げて校舎内外を徘徊する姿がよほど目に余ったのか、新校長に口を利いてくれる人があった。おかげで勤務七年目の私の授業時間数はまた少し増え、生活も少し楽になった。職員室の机も使いやすい環境になった。だが、そんな喜びと入れ替わるように母の痩せ細った命が消えていった。父と同じ九月、満月の午前零時に旅立った。私の誕生日のわずか数日前のことだった。

朝早く休暇を取るために学校に電話をし、教頭にその旨告げようとすると、風邪か？　ああ、声が暗い暗い、と先にストーリーを創られ、それなら休んでいいですよ、と言われてしまった。母のことは一言も言わせてもらえないまま誤解されてしまったのだ。私も言葉を足す気力がなかった。父の時はあの竹取の翁が、母の時はこの優しい教頭が、肉親喪失の時をぞんざいに扱った。よくよく私は埃《ちり》か滓《かす》のような存在なのだと思い知らされる。

通夜も葬儀も自宅近くの葬祭場で執り行った。妹はなんだかんだと理由を並べて出席することはなく、私と真萩と浩紀の、身内三人の小さな小さな家族葬だった。菊崎の名をもつ最後の人間なのに、花輪も弔電も何もない寂しい葬儀だが、棺に納める生花だけは溢れるほどたくさん用意してもらった。生家では一切やりたくなかったから、これでよかったのだと思った。

父の葬儀の時、母や私をさんざんなじった近隣住民の、のお、のお、のお、と同調者を作り仲間意識を強めて責めたてるシュプレヒコールは、中学生の時味わった同級生の男子たちの虐めのやり口と同じだった。親戚も、誰一人として心を許せるような人はいない。そんな人たちを呼んで母を見送ってもらおうとは思わない。むしろ会えば、こちらこそ浴びせてやりたい言葉が山ほどある。

だが、よくわかっている。言おうものなら、村八分になること必定、鶏の世界のようにさんざんつつかれるってことぐらいは。そんな人たちだから、集まればいつも自分の家が一番で他はさんざんに貶める話。「ワシの嫁の従姉の旦那の知り合いに誰某《だれそれ》がいる」がどんどん発展して、あの女優も代議士も総理も名のある人は全部自分の縁者になっていく話。貶しと自慢でしか成り立たない貧相なコミュニケーションの場は、見栄とちっぽけな自尊心の開陳の場に過ぎない。

そんな人たちは、菊崎の家がかつて生活苦に苛まれていた時、男のいない家、男子が生まれ育たない家、とさんざん陰口をたたき悪口を浴びせた。集落の行事でも男のいない家の席前は料理の大皿が素通りしていく。ところが、父が婿養子にやってきたとたんに態度が一変する。男のいる家が、男子が生まれるのがそんなにいいことで、女だけの家が、女子が生まれるのがそんなに悪いことなのだろうか。男と女とではそんなにも違いがあるというのだろうか。世間に顔向けができないとか世間体が悪いとか、いつもいつも世間をもち出すけれど、世間という実体のないものに振り回されているる自分たちの姿を滑稽だと思ったことは一度もないのだろうか。

母はきっと、そんなの気にしてないからいいよ、葬儀に来てくれるという人があれば私は喜んで受け入れるよ、と笑顔で言うだろう。だが、私は受け入れない。葬儀を済ませたことは納骨を終えてからゆっくりとみんなに知らせる。だから何があっても私は絶対に受け入れない。

葬儀の翌日、真萩が一人で生家の墓にお骨を納めに行ってくれた。走る車の少ない国道315号だから長距離運転にはなるが、託すことができた。私にはその日二時間ほど授業があったし定期試験直前なので、これ以上休むわけにはいかなかった。出勤した私に前々日、自習にしてしまったクラスの生徒が二人近づいてきて、先生、もう風邪は治ったんですか？　体は大丈夫ですか？　と声をかけてくれた。

年も明け、校長との個人面談でパートの仕事は次年度も継続という話になって、ひとまず安心していたところ、三月中旬、急転、突然の契約解除となった。校長の言い分は納得のいかないことばかりだったが、辞めさせてやろうと考えている相手にどんな正論をぶったところで好転するはずはないと考え、追及するのは止めた。最初の面談では、希望する授業時間数を聞かれただけだった。それが二週間後、突然呼び出された時には、一人でこれこれこれだけの時間数を受け持ってくれるという人が現れたので、その人にすべて頼もうと思う、と言い渡された。その瞬間、私にはこれだけの時間を受け持つことができるかとは問わなかったのにどういうことだろうと、校長の心中が読み取れないことに戸惑った。まるで納得がいかない。

そういえば、前年四月、あるベテラン教員が突然の降格人事に遭っていた。その教員のことを「挨拶もしない。人と目も合わさずに横をすり抜けていく」というクレームを校長に訴えている教員がいたことを私は知っている。面談の順番待ちをしていた私は、それを校長室の外で聞いていたからだ。その後、まさかと思うような人事となり。そのことは今の今まで誰にも話していない。私への強引な首切りは誰のどんな進言を校長が採用したのか、または強風地帯で噂されているとおりの単なる気まぐれなのか。契約解除を言い渡された直後に流れていた噂では、四月から校長の長年の友人が国語科講師として着任するようであった。仲間はずれにされていた校長が、ついに味方を一人つくったのだ。自分は救われたかもしれないが、その陰で私のようにポイと捨てられてしまう人間ができてしまうということなのだ。私がどんなに学校のために努力をしてきたと思っても、そんなところを見てもいない上司ではエネルギーの使い損だ。この一件で、私のこの学校に対する悪印象が一気に高まってしまった。

二度とこの学校の敷地内には入るまい。心は決まっていた。これが直進型の私の流儀だ。わずかな荷物を更衣室へと運び出し、使用していた最後の机を奥の奥、裏の裏まで丁寧に拭いた。跡濁の鳥にはなりたくない思いだけが頭にあった。学年末試験の処理は終えたし、やり残している仕事もない。学校はいつもどおり多忙な日々を展開しているが、なんの役職も係もない私は新学期待ちの手持ち無沙汰な時を過ごすだけの期間に入る時期だった。それで、通常の離任式より早めのこの日をこの学校での最後の日にすることに決めた。教職最後の日、私も大きな花束を腕に抱えてみたかったなあ。公立最後の学校でも中途辞職だったから、もちろん花束はなかった。つい柄にもなく香しい匂いに包まれたその場面を浮かべてみる。

七年前の夏、校長に会うために上った坂道では、裸木の桜が両脇からアーチをつくってくれていた。その中を、こらえきれない悔しさだけを抱えて下った。坂道から見える校舎屋根上の装飾窓では、マリア様が両手を広げて微笑んでいらっしゃる。この時ばかりはさすがに、マリア様が煤けた真っ黒い悪魔に見えた。

それからの私の日々は、わずかな金銭で子どもたちとどう生きるかを考えるだけの、選択肢もないものとなってしまった。

家で過ごす時間が増えると、気づくことも増えていく。いちばん驚いたのは、門扉から玄関までのわずかな通路に苔がびっしりと生えていることだった。建て売りのこの家を買う時、ここら辺は霧のかかることが多い地域だとは聞いていた。だから通路にも外階段にも煉瓦素材が使用してあった。苔むしても美しく見えるようにするため工夫してある造りだということだった。それがほんとうにそうなっている。いつも門扉とは逆方向の駐車場と玄関との往復ばかりだったから、見えているのに丁寧に見てはいなかったのだ。家の前の道路は掃いても、門扉から玄関までのわずかな面積を自分の生活に組み込んでこなかった。その年月はおよそ三十年。浩紀の年齢がすっぽり入る年月だ。くすんだ緑の苔を見ながら、自分の家族にも似たような接し方をしてきたのではなかったかと、その日々を振り返ろうとすれば私の思考は停止した。そして目は宙を睨み、真っ向からそれを否定した。

いつまでも子どものような夫の身勝手なふるまいのせいで、仕事にも家事にも集中できませんでした。あれだけ私を引き立ててくださった多くの上司にも恥ずかしい思いをさせてしまいました。病む子どもたちの世話に追われ、勇んで職場に向かうことができませんでした。子どもたちの学校に勤務する同僚たちにはさんざん陰口をたたかれ、いい笑いものになってしまいました。苛烈な競争を経て手に入れた職も大任も、後押しをしてくれていたはずの父母《ちちはは》が病や死をもって奪い取ってしまいました。ブツブツ、ブツブツ……、いくら恨み言を並べてみても私の辿ってきた道は変わらない。自分は今、果たして歩いているのか行き倒れているのか、それすらわかりはしない。わかるのは、今も得体の知れない何者かと戦いの日々を繰り返していることだけだった。

おまけに家にこもるようになって間もなく、視界不良からの転落骨折までして左上腕を庇う安静の日々となってしまった。その最中《さなか》、小中学校の同級生から還暦祝いの同窓会をしよう、第二の人生の門出を祝おうではないかという誘いの葉書が届いた。正月の予定なので空けておいてもらうために早めに連絡をしたと添えてあった。だが「祝」という文字が自分には縁遠いものに思えて欠席の返事を送った。今はそれどころではないのだ。

ギプスがとれると今度は体のあちこちが腫れぼったくなり、水が溜まっていることがわかった。腹回りが特にひどく、浮き袋を密着させた状態になっている。さらにその半年後には、肺まで水浸し状態となり息苦しい日々が続き。ある晩、とうとう呼吸不全を起こしプツと意識が途絶えてしまった。死ぬのだと思ったが、誰かが助けてくれていた。だが一命は取りとめたものの腎臓が壊れているため常に除水が必要とのことで、医師に管理されるまるでアンドロイドとしての日々が始まってしまった。つまり指示どおりに生活し、体によくないものは継続的に取り除き、故障すればすぐに修理し、動きが止まりそうになれば不足する成分を急いで補充する、そんな日々になったのである。死ねるものならここで息絶えればよかったのにと何度も思った。だが、何者かのせいで死を選択する自由もなくなり、人間として生きるのを終了した姿でそれからの時を過ごすことになったのである。暗闇に放り込まれた絶望感でいっぱいになる。

三月下旬、教員異動の新聞記事を目にした。退職者の中に同期採用の何人かの名前を見た時、ああ、彼らはこれから輝かしい第二の人生を生きようとしているのだろうなあ、私にも輝いた時期があったのに、と羨ましく思ったりもした。

早朝からの通院のため、朝市の安い買い物もできない日が続き、生活もままならない。夢見まで悪くなり、古寺の苔むした頭の丸い墓石の上を仰向けで低空飛行する生々しい感覚に呻きながら目を覚ます日が続く。なんだか、自宅の苔むした箇所と夢の苔むした墓石が妙な重なりを感じさせ、一人で苦笑いを浮かべてしまう。

そんなことが近未来へのよからぬ予感となって、急いで身辺整理に取りかかる。先で研究材料にしようと集めておいた堆い教育実践資料や研究書の類いを、二度と活用することはないものと潔く処分する。スーツも靴もバッグも、もう公の場に出ることはないからと処分する。あれもこれも、もう使うことのできないただの燃やせるゴミ、再利用資源として処分する。国語関係・演劇関係の学会・協会をすべて退会し、いつ訪れるともわからない最期の日に備えていた五月の初旬、テレビのある場面に目が留まった。今まで観たこともなかった競馬中継だ。

一頭の白い馬がゲート入りを嫌って後じさりしたり尻っ跳ねしたりしている。それを厩務員や騎手たちがなんとか入れようとして、押してみたり後ろ向きで誘ってみたりするのだが、いっこうに埒があかない。ついに目隠しまでさせて試みたところ、無事収まってくれた。そしてスタート。その馬は最後方を走っている。なんだ、と思っていると、途中からぐんぐん他馬を追い抜いて先頭近くの位置に付け、ゴール、一着となる。へえー、と感心する。その馬が大写しになった時、メンコとシャドウロールが顔の大部分を隠してはいたが、鼻先の特徴ある黒い模様とくりくりとした丸い目、脚元の色具合から「あの馬だ」と私は確信した。あの馬——真萩も母も私も見た、黄金の光をまとって空を渡る白い馬。私は九年前、母と真萩を当時の大型車に乗せて山陰の生家へ小旅行した日のことを思い出していた。

テレビに映った馬の名前は、日本語に置き換えれば黄金の……船。あの光を放って空を渡る白い馬のイメージそのままではないか。このひとつの出会い（あるいは再会？）が、暗中の私の足元に微かな光を当ててくれたように感じた。

光、といえばもうひとつ、小さな光が私の足元を照らしてくれる出来事があった。

家にこもりがちだった浩紀が突然に、働きたいから車の免許を取らせてほしい、と言いだしたのだ。そのためのお金は取ってあるので、いいよ、と答えると自分で手続をし短期間で取得した。免許が取れると今度は資格をひとつ取りたいと介護福祉士免許取得の講習会に通って二級の資格を取得した。すると今度はハローワークに通うと言いだした。パソコンの使い方は教えていたので、インターネットで自分なりに検索をして職に就いて働くにはどうすればよいのかを調べていたらしい。ハローワークにたびたび顔を見せるものだから担当の方も気遣ってくださったのか、ある日、こんな仕事があるけど、と彼にでもできそうな仕事を紹介してくださった。今までは真萩と二人で家にこもっていた浩紀も、こもる人数が三人になったのはさすがに嫌だったのかもしれない。

　こうして浩紀が働き始めると、触発されるように真萩まで、私も働きに行きたいと言いだした。急にというのは難しいため、通院先の医師に相談をし就労移行支援事業所に通い就職に向けたサポートを受けることにしたのだった。その申し込みや手続きなどはすべて真萩が一人で行った。私に気を遣ってのことかと思ったが、そうではなく、私がもう当てにならないと思ってのことだったようだ。

それだけではなく、浩紀はその間知り合った女の子と結婚することになり、その結果、一人の可愛い女の子が誕生したのだった。

小さく生まれてみんなが心配したのだが、頑張る気力の漲っている子ですよ、と産科医に言われ、夫婦も私も真萩も胸を撫でおろした。浩紀一家は赤ん坊連れでも住める住居が見つかるまで我が家で過ごすことになり、おかげで私は理沙《りさ》と名づけられた小さな手足の女の子と長い時間を過ごすことができた。私が歌ったり踊ったりするとよく反応して両手両足をくるくるバタバタ動かし、腰をくねらせて赤ちゃんダンスを踊ってくれる。『竹取物語』を暗唱すると、じっと口元を見て喜んでくれる。じゃんけんを教えると、あっという間に覚えていい調子で手を動かしてくれる。まだ寝返りも這い這いもできないのに、なんという反応だろうと喜ばしい。この子はきっと私に似たのだ、私も頑張り屋だったから……などと婆バカなことを考えたりもした。そうして理沙が一歳十カ月になった秋の日、浩紀一家は購入したばかりの新居へと越していった。


「理沙が泣いてばかりで心配なんですよ」

浩紀の嫁の求美《もとみ》さんが困り果てた顔でそう言った。

「保育園から家に帰った時と夜が特にひどいんです」

熱があるわけでもどこかが悪いわけでもないらしいが、とにかく泣く場面が増えたというのである。

「新しい家に慣れていないからでしょうか？　家のニオイが気になるのでしょうか？」

それはあるかもしれないね、私がそう返すと、

「もう一カ月になるのに、小さい子には環境が変わるのが苦痛になるのでしょうかねえ。夜泣きはどうすればいいのでしょう？」

さらにそう問いかけてくる。夜泣き？　夜泣きに効く方法についてはいつか聞いたことがあるように思ったが、すぐに思い出すことはできなかった。

「ずいぶん前に聞いたことがあるような気がするから、思い出してみる。少し待っていてくれる？　思い出したら連絡するから」

目の前の理沙は楽しそうにママとお喋りをしながら、真萩手作りの布製おもちゃで遊んでいる。時にラッパを吹き、時に走り、時に冷蔵庫の扉でマグネットの並べ替えをして。それは私の知っているままの理沙だった。

年も改まり、そろそろ玄関の注連飾りを片付けようと藁に触ったところで、ふわあと記憶が舞い降りてきた。夜泣きに効くのは藁馬だ。確か藁で作った馬をお不動様に供えてお願いするとよい、だったか、そんな話を聞かされたことがある。どこで？　誰から？　よく覚えていない。だが、お不動様は生家の南の山の向こうにあると聞いたことがある。

注連飾りの針金でまとめた部分を外すと一束の藁になった。穂先を尻尾にして針金で細工をし、馬に似た形を作ってみた。これを持ってお不動様にお参りしようと思った、そこまではよかったが、お不動様の場所がわからない。訊いてみるしかない。けれど父や母の世代の人はもうほとんどいないし、今いる人が知っているとも限らない。ヨシオなら知っているかもしれない。だが、父の葬儀以降多少の抵抗があった。だがヨシオしかいない。思い切って訊いてみるしかない。

二カ月後の土曜日午前九時、夫の運転する車で国道315号の南端を出発した。

夫には理沙の誕生後、すぐに連絡をしている。なんだかんだ言っても乳幼児好きの夫は大喜びで、しかも血の繋がった孫とあればなおさら嬉しそうで、私と真赫が初めて産院へお見舞いに行く時も運転手役として一緒についてきた。その夫に十何年かぶりに生家への運転を頼んだのだ。ずっと目の状態が悪くて運転を控えていることと理沙の夜泣き鎮めの話をして頼むと、すんなりと引き受けてくれたのだった。

国道315号には残雪もなく、新しく建てられたコンビニが二軒、まばゆく目に映った。新しく映ったのはそれぐらいで、進むにつれいつもの閑散とした山間の補助国道になっていった。まばらに現れる道端の家屋には屋根が抜け落ちたものや家全体が傾いたものもある。それぞれの家に築かれてきたであろうそれぞれの歴史まで消え去ったようで寂しく思う。そのまま自衛隊演習場の東を通り、灯りのついた小さな市場の横を過ぎ、日本海に程近くなっても人影のひとつも見かけない。時おり対向車がゆっくりとすれ違っても、それは賑わいの一助にもなりはしない。音はといえば、後部座席に無雑作に置いた高枝切り鋏や鋸、草刈り機が何かの拍子に擦れて立てる小さな金属音ぐらいしかなかった。

３１５号の終点近くの長いトンネルを抜けると、遠くに日本海の水平線が見えた。そのまま車はホルンフェルスの南を通って国道１９１号に入り、山陰本線の線路沿いを北東へと走った。エンコウの潜む川の上を通過し生家に着くと、夫は珍しく草刈りをしてくれると言う。まさか駐車した場所が、父母が夫のために田圃の一角を利用して造った特別の場所であることを思い出したわけでもあるまいが、その周辺からできるところまでを刈ってくれるという。そのあとは公道沿いの川縁に伸びた小木を全部切ってくれるとのこと。多少の驚きを抱きながら、私は一人でヨシオの家へ向かうことにした。

向かいながら、夫は父の葬儀に姿を見せなかったことが今も引っかかっていてヨシオに会いたくないと思っているのかもしれない、合わせる顔がないと思っているのだ、と想像してみたが、夫はそこまで細心の気遣いをするような感性の持ち主でもないと即座に打ち消して、実につまらないことを考えたと、そのことに使った時間をもったいなく思う。

手に藁馬を握り、人気《ひとけ》のない田中の道をしばらく歩くと、ヨシオの長男が建てた主《あるじ》不在の二階家が現れた。次いで、隠れるように立つ古民家の瓦屋根が見えた。庭には風呂焚きに使う割りかけの木々が転がっている。最近ヨシオは田畑に出る時間を減らしているらしく、昼間なのに家にいた。

突然の訪問にヨシオはずいぶんと驚いた顔を見せ、玄関先でかしこまったまま、何事かね？　と真顔で訊ねた。お不動様の祠を知っているか尋ねると、しばらく考え込んでから、覚えていると答え、お宅の山の中腹にあった、ただし現在はゴルフ場になったからおそらく取り壊されたのだろうと言う。それよりも、既に祠の体を成していなかったのではなかったろうかとも言う。私の父が山に入れない体になって長いから、世話もできなくて朽ちてしまったのではないかというのである。あくまで想像だから本当にそうなっているのかどうかもわからないと言う。

ヨシオは若い頃、藁馬を作って二回ほどその祠に行ったことがあったと言った。一度目は自分の家に立派な跡継ぎ息子が生まれますようにと願かけに行き、二度目は男子を授かったお礼参りに行った、というのであった。お不動様を拝んだ者が誰とはなしに御利益があったと吹聴するようになり、一時はお不動様の前も周囲の木々の枝も藁馬だらけで、団子やら果物やら野菜やらが山のように供えられていたという。昔、その祠周辺の世話を託されていた男が沢蟹をよく食べていたということから蟹食爺と

呼ばれていたと聞いた、ともヨシオは話してくれた。私はしばらくその話を聞いていた。だが、

「お不動様にお願いして授かったのに、なんでおじさんは子どもを一人殺したん？サト坊の兄弟になる子よね」

まずいとは思ったが、積年の疑問がとうとう口を突いて出てしまった。

「はあ、なんて？」

ヨシオの顔が俄に曇った。そして落ち着かない素振りで辺りを見回した。たぶん女房がいないことを確かめたかったのだろうが、大丈夫そうだと思ったのだろう。少し間を置くと、声をひとつもふたつも落として話し始めた。当時の家の暮らしでは一度に二人は養えなかったこと、たとえ二人育てたとしても、どちらが跡継ぎになるかで先々揉め事が起こるだろうからそれを避けるため、と言った。だから殺したのか？と訊くと、殺したのではない、お不動様にお願いして極楽へ連れていってもらったのだ、それが昔からのやり方なのでそれに従ったのだ、と言う。

私より上の学年に男子の双子が二組いた。四人とも元気に育っている。私よりふたつも年下のサト坊の兄弟だけが、なんでそんな目に遭ったのだろう。昔からのやり方というものは、そんなにも大事なことだったのだろうか。同じ町の中でも集落によってそんなに違いが出てしまうものなのだろうか。返す言葉もなくなっている私に、ヨシオが話を変えた。

「お宅もお父さんが藁馬を作って、ようお不動様へ通うとっちゃった。お家の立派な跡継ぎが生まれるように願かけてきた、言うとっちゃった」

「じゃけど、うちは女が生まれてしもうた。女が生まれたら、それが長女じゃったら、捨てるか殺すかするんじゃろ。昔からのやり方に合わせとったら、私も今、生きとらんかったかもしれん」

私を取り上げた祖母の失望まじりの言葉を思い出しながら、一方でシズコの皺だらけの泣き顔を思い出しながら、そう言った。すると、ヨシオは何度も首を横に振った。

「お宅のお父さんは、そねなことは言うちゃなかった。あんたが少し大きゅうなった頃、うちは婿を取ろうが嫁に行こうが、本人の考えを大切に育てる言うて、笑うとっちゃったがね」

神妙な顔のまま、はっきりとした口調でそう言った。

初めて知った、そんなことは初めて聞いた。私は弾かれる思いで宙を睨んだ。父は、因習でも世間体でもお家でもなく、私を尊重してくれていたというのか。なぜ生きている間にそれを言葉にしてくれなかったのだろう。私は何も知らないから、母の言うまま、父を悪者、愚か者として憎みながら生きてきた。女に生まれたことを僻みながら生きてきた。その母は……若くして夫を亡くし続くように長女を亡くした祖母の、夫やその親族の仕打ちに対する恨み辛みにも似た呪いの言葉を聞きながら育った。甘納豆を食べながら聞かされた祖母の言葉は、夫や男というものへの深い不信感だったのかもしれない。それを真っ向から浴びて育った母が、長女の私にも同じ口調で同じ言葉を浴びせていたのだとしたら、そして同じことを私も真萩にしているのだとしたら、なんともいびつな、悪病災厄のような血の連鎖ではないか。それがわかったからといって、詫びようにももう父はいない。文句をつけようにも、もう母はいない。私はどこに、誰に、この思いをぶつければよいのだろう。
押し黙った私の顔を心配そうに覗くヨシオと目が合った。私には、もう何も言う言葉はなかった。大丈夫かね？　と問うヨシオに、突然にやってきて突拍子もないことを言った非礼を詫び、逃げるように玄関を出た。

晴れない気持ちのまま、鎮守の神様の庭をよろよろと突っ切った。そこから続く山裾の細道を上れば、あの頃に戻れる。そんな考えが老いた足を元気づける。子どもの時のような軽快な走りはできないが、走るうちに足取りが若返り、三姉妹の家をめざした幼年の日のように感じられる。程なく目の高さに薄い光を載せた水面が現れた。あの頃のままの静かな水の神ヶ池だ。さらに池の縁まで上って水面を覗くと、池を取り巻くあまたの針葉樹が映り込み、水底の空に向かって伸びている。ヌシに引きずり込まれないように注意を払いながら膝を折り、しばらくその水中の林を眺めた。

すると、林の木々の奥に白い影が動いた……ような気がした。林の中を魚が泳いで行ったのかもしれない。水面に映ったワタシは白い影の見えた林に近づき、奥に向かって何度か声をかける。と、木々の奥から白い影がゆっくり現れ、ワタシのほうに近づいていく。しだいにはっきりしていく白い影の形。四本の脚、脚元の黒い模様、……輪郭ができあがると、一頭の堂々とした馬になった。それは、あの白い馬だと思われた。馬はワタシのすぐ前まで近づくと足を止め、静かにワタシを見下ろしている。林を吹き抜ける風に鬣《たてがみ》がくるくると巻き上がる。

しばらくの時を置いて、ワタシと馬は意思の疎通を始めた。私の脳はその声や動き、細やかな情景までをも感じ取っている。

父も母も、信頼する上司も、授業時間数も、机も職員室も、職場も、視力も……ワタシが多くの喪失の日々を語ると、馬は悲哀のこもった調子で、お可哀相に、と思いを届けた。馬の瞳を見つめるワタシの目から、ひとすじ涙が流れ落ちた。

馬はワタシに背中を差し出した。馬など乗ったこともないワタシが恐る恐る背中に乗ると、馬は静かに林の中へ歩を進めた。馬の首にしがみついているワタシは、馬の背のニオイに言い知れない懐かしさを覚える。枯れた羊歯のような、腐葉土のような、稲架杭に掛けられた乾燥藁のような、遠い日に嗅いだ父の背中のニオイ。そのニオイが血液のように全身を巡る中で、ワタシは馬のかけてくれた「お可哀相に」の一語に心を解きほぐされている。簡単そうに思える一語なのに、これまで誰一人としてかけてくれなかった。その一語に、ほんのりと温かくやわらかな内臓にくるまれた、誕生する前の安堵がよみがえってくる。

――たぶん、私はたったそれだけの言葉を待っていたのだ。

ワタシの思いが私の耳奥に響いてくる。

林の中はプリーツ加工された白いレースカーテンのような光で満ちていた。目に映る樹木も枝葉を広げた低木も、羊歯も苔も、みな白く輝いている。すれ違う動物たち、野兎・狐・猪・猿・狸・鼬も、みな白い。ここはどこなのだろう？　ワタシの疑問に馬が、菊崎家の山の中ですよ、と答える。菊崎の？

――山はもう人手に渡ってしまったのでは？　それにもう整地されて、木々はほとんど残っていないはずでしょう？

――ここは、お父様の心に残っている山の中です。

――父の？　父の心象風景を歩いていると言うの？

馬は答えないまま、白い光の中をなおもゆっくりと歩いた。背の高い木々の枝に付いている葉は平たい特徴のある形をしている。小さい頃から何べんも見てきた葉だ。

――ああ、檜《ひのき》だ、これは檜ね。

――そうです。お父様が一万本植えられた檜の木々です。値の高い立派な木です。お庭の桐の木と同じ時期に植えられました。

――庭の桐の木？　ああ、農具庫のそばに桐の木が植えてあった。紫の花が咲いていたのを覚えている。

――檜はあなたの財産とし、桐はあなたの箪笥を作るために、植えられたのです。

――でも、もう檜も桐もなくなってしまった。

――それは、ご時勢が木の値打ちを無にしてしまったからです。

――そう……、父はさぞかし落胆したことでしょうね。

――それはもう。そのこともあって、山ごと売ってしまわれました。それに山があることであなたの自由を奪い、苦しめるようになる、とも考えていらっしゃいました。

径が上りにさしかかった時、前方から大きな光がワタシと馬を照らしてきた。ああ、あの光だ。空に白い馬が現れた時、背後に射していた、あの黄金の光だ。

――この光はあなたが運んできたものなの？

ワタシは中学一年生の夏の出来事を思い出して、そう問いかけた。馬はしばらくの間を置いた後、哀しげにこう告白した。

――はい。お不動様の命を受けて、この山かげの町へ運んで参りました。この光はあなたを輝かせる生命の源です。一度目、二度目はうまく渡すことができました。なのに、三度目に来た時、光を渡しそびれたがために、あなたをお守りすることができませんでした。

馬は父がお不動様に供えた藁馬だと言った。ある日、菊崎の家へ訪れたところ、くれ縁に私によく似た女の子が座っていたが、自分に託された子ではない、だからこの池で私に会える日をずっと待っていたのだということだった。父は山仕事の合間を縫ってはお不動様のもとへ通い、私が健康で幸せに過ごせるようにと願っていた。なのに馬は、お守りすることができませんでした、と悔いながら訴えたのだった。

……もう解放してあげなければ。池のほとりの私はそう思った。その思いはワタシも共有し、

「もういいのですよ、お守りくださる方があることがわかったので私は生きていけます。どうぞ、もうあなたの在るべき場所へお戻りください。……最後にひとつお願いがあります。孫の理沙が夜泣きを繰り返して可哀相です。それがなくなるようにお見守りください。藁馬もこうして持ってきています」

と、馬の鬣に藁馬を絡ませてお願いをした。馬はやや間を置くと、こう返した。

――では、この光をあなたの中に残していきます。お孫さんも、必ずお見守りします。

馬は檜林の小径を、ワタシを乗せたままゆっくりと駆けていく。檜一本一本が空に向かって真っ直ぐに伸び、命を漲らせて生きている。木の大きさや山の広さに圧倒されるのは初めてではなかった。ずいぶん幼い頃、どこか別世界に送り込まれたような気がして怖くなったことがあった。それが慣れてくると、心地よささえ感じるようになった。そんなことがあった。すっかり忘れていたが、そんな《時空》が確かに在った。

林を抜け出たところで、馬は姿勢を低くしてワタシを背中から下ろすと、藁馬とともに水面に向かって歩み、鼻面を上向きにし水音を立てて宙に飛び出した。大きな波が立ち、紋が広がる池の上を、水晶のようなきらきらした水滴を散らしてそのまま空に駆け上がり、生家の南の山をめがけて飛んでいく。山の向こうに少しの間姿を隠してまた上空に駆け上がり、そのまま東の三ヶ岳めがけて高く飛び、ついには姿を見えなくしてしまった。南の山の向こうにお不動様の祠の跡形もないことを確かめ、三ヶ岳へと向かったのだろう。

水中のワタシは、一瞬まばゆく輝いたかと思うと、また私の足元の水面に戻ってきた。ワタシの顔にはおだやかな笑みが浮かんでいる。

私はワタシを伴って生家へ向かった。夫は遠くの山裾で長く伸びた柿の枝を切っている。

あまり時間はとれないが、長いこと帰省していなかったので気になっていたこともあって、中に入ってみることにした。下の庭から見上げた古い母屋の外観に目立つ変化はなかった。だが、昭和の終わりに建て増した夫の部屋が設けられている別棟は、二階の樋や白壁の部分に傷みが見える。農具庫は屋根がすっかり傷み、樋は半分外れ落ちている。生け垣には茅が力強く株を張り、存在感を増している。上の庭には種々の草が生え、敷かれていた粗砂はすっかり隠れてしまっている。名家旧家と言われたかつての面影は、消え去ろうとしている。

母屋の玄関を開けると、がらんどうの家の中には大黒柱を中心に琥珀色の空気が停留しており、どこからか、規則的な、生気のあるような、迫ってくるような、それでいて微かな、あえかな音が、聞こえてくる。時計の音？　誰も世話をしていないはずの時計がまだ動いているというのか。どの時計だろう。この家にはたくさんの時計がある。母がいつ頃からか、家じゅうの部屋と南北を貫く外通路に面した壁に、いくつもの時計を掛けるようになった。どこにいても時間がわかるようにしたかったのか、頂き物の時計を眠らせたままにするのを可哀相に思ってのことなのか、それとも賑やかさに飢えてのことなのか、もっとほかに訳があってのことなのかは知らない。

　祖母が亡くなった時間で止まっている一番古い発条《ぜんまい》時計は、私が成人する前から既に動いていなかった。映画の名曲を集めた時計も、野鳥の声の時計も、アニメ主題歌の時計も、鳩時計も、オルゴール音の時計も、どれもこれもみな異なる時間を指して止まっている。ただひとつ、母のお気に入りだったカントリー&ウエスタンを集めた扇形の時計だけが動いていた。だけど、音を立ててはいない。

　音は天井の一角にぽっかり空いた二階への入り口付近から聞こえてくるようにも思

えた。長いこと上ることのなかった階段に足をかけると、横に渡された板が柔らかくしなる。次の板もしなる。しなりを確かめながら最後の板まで上がっていくと、屋根裏の大きな暗闇が現れ、並ぶように南側にカーテンの引かれた薄暗い十畳間が現れた。

そこには幼い頃隠れ家に見立てて遊んでいた押し入れがあった。木の引き戸を開けると、右奥に見覚えのある古びた蓬色の風呂敷包みと染みのできた橙色の巾着袋が置かれていた。包みの中にカール・ブッセの『山のあなた』がいくつも書かれた大学ノートや葉書・手紙の類いがあるのは知っている。巾着袋に入っている二冊のアルバムのひとつは祖父関連のもの、もうひとつは誰のものなのか、よくわからないままでいた。

正体不明のほうのアルバムを改めて手に取り中を開いてみると、そこには女学生風の女の子たちの写真があり、その中の何枚かに五、六人で写った写真があった。その集合写真のどれにも白の丸襟ブラウスに濃い色のフレアスカートをはいた同じ女の子が写っていた。周りの女の子たちがおしゃれなワンピースを着ている時も、ヘアバンドをしてしゃれたスラックス姿でいる時も、その女の子はいつも白の丸襟ブラウスに濃い色のフレアスカートだった。セピア色の写真であっても、それが同じ色の同じ服だということはわかった。ほかは、女の子たちの個人写真ばかりだった。丁寧に髪を整えて、模様のあるワンピースや奇抜なデザインのワンピースを着て、斜めの角度から上半身を撮ったり、モデルのような立ち方で両手を腰にあてて全身を撮ったりした写真には、豊かな家庭のお嬢様といった雰囲気まで写し出されている。

アルバムの最後のページには、私の写真があった。保育園に通っている頃の私だ。そして一緒に写っているのは三歳違いの妹、このアルバムを初めて見た時からそう思っていた。……だが違う。誰だろう。年の差から言えば妹と言ってもおかしくないが、顔がまるで違っている。そうやって写真を眺めているうちに、わかった。小さいほうの子の鼻の脇にある黒子、それは先ほどの白い丸襟ブラウスに濃い色のフレアスカートの女の子の鼻の脇にもあった。これは母だ。すると、私だと思っていた女の子は母の姉？　夭逝した母の姉、なのか。私とよく似ている。小学校に上がる少し前の私はこんな顔をしていた。体つきもそっくりだ。そのことに母や祖母や近隣の大人たちが気づかなかったはずはない。
結局、音の正体はわからないまま、時間のこともあって家を出た。あの音は、菊崎の家の鼓動なのかもしれない。微かながら動いている、誰かの耳に届く日を待ちながら打ち続けている、鼓動。

同じ年の夏、父母を後追いする子どものように、たった一人の妹まで亡くなった。家系に多かった内臓系の大病で、初診から一カ月での急逝だった。折からの感染症パンデミックのこともあって、東京へは直接のお見舞いにも葬儀にも行かずじまいとなっている。妹はもうずいぶん前、長女の私に菊崎を継ぐつもりがあるのかないのかはっきりしないから、自分たち夫婦が家の面倒も見るし父母の老後も見ようと母に話したことがあったらしい。妹と母は仲がよく、私に内緒で物事を決めることが多かった。私の悪口を話題にすることも多かったようで、いつだったか、認知に混乱の生じてい

た母が私に向かって、

「ねえねえ、姉ちゃんがねえ、こねなことを言うとったんよ」

などと聞くに堪えないことを話し始めたものだから、私も、

「私を誰だと思うとるんよ。その姉ちゃん本人よ！」

と言い返したことがあった。妹からもたまに、母ちゃんがこねなことを言っていたよ、と思いもかけない、言わなくてもいいことを言ったと知らされることがあって、やはり母は密かに私を鬱憤解消の材にしていたのだと再認識し、彼女らと同じこの家に生まれたことが途轍もなく不運に思われて仕方がなかった。

考えてみれば、妹とはいっても、その妹と姉妹らしい遊びや付き合いをした記憶がない。働いていた母は妹だけを早いうちからお守りさんに託していた。それが契機というわけでもないだろうが、妹との関係はしっくりこないまま、私は県外の高校へ進学し程なく下宿生活に入ったし、妹は県内のやはり家から時間のかかる高校へ進学し下宿生活を始めた。

東京にある大学に通うことになっても、妹が上京した初日、貯めていたお金で冷蔵庫と洗濯機を買ってやったその時しか会っていない。

それほどまでに縁の薄かった妹が、私に代わって家を継ぐ役を担おうなどと考えたがために、跡継ぎ役の祖父や母の姉と同じように早く命を落とすことになったのだ。私が気配を感じ続けてきた何者かは、だから先に妹を狙い撃ちしてしまったのだ。武士だったご先祖様が誰かから七代祟ってやると恨みを買っていたのかもしれないなどと、妹の死に実にいい加減な理屈をつけた。私にはもう、菊崎の名で繋がる親族は一人もいない。

その頃、夫がもう一度生家周辺の草刈りと清掃作業をしたいと言い出したので、一緒に北上することになった。数時間の作業を終えて帰り支度を始めている夫を見ながら考えた。この人が菊崎の婿養子になると言って書類に押す印鑑を盗み出したり、菊崎の先祖が自分を拒んでいるなどと混乱して菊崎との距離をつくったりしなければ、菊崎の家屋、山林田畑を放置する状況に陥ることはなかったのに、と。その夫に頼らず、三人の子どもの一人ぐらいは菊崎を継いでくれないものか、と言う人もあったが、子どもたちはみな嫌がった。住む気もない土地の家屋や山林田畑の面倒は見られない、という現実的な理由からだった。ほんとうにそのとおりだと、私は納得できた。長男は父親とは一緒にいたくない、一緒にいるとおかしくなる、と言って既に独立して暮らしている。このような状況だったから、私は自分がアンドロイドだということも、生家周辺には専門病院がないからそこに住むことはできないということも、家族には一切話していなかった。つらつらと、こうしていくら考えてみても、二度と帰ってこない日々には憾みしか残らない。日増しに重くなるその懺悔を抱えたまま、帰途に就く。

国道315号を北上すればひとつもふたつも古い時代に戻る感じを受け、南下すれば新しい時代に向かう感じを受ける。同じ時の上にありながらたった百キロ余りの距離が作り出す陰陽の大きな時の隔たり。ではどちらがいいか？　と訊かれれば、少しでも私らしく生きられるほう、と言うしかない。それはどちらだ？　と訊かれれば、理沙のいるところ、と答えるだろう。新しい命があれば逆でも構わない。だが今の私には生家の側ではない場所に新しい命がある。消滅する生命よりも新生する生命のほうがいい。

連綿と続く窓外の見慣れた風景には例えようのない懐かしさを覚える。私はいったいこの道を何度往復したことだろう。山々の南にあるという華やかで大きな街に憧れた日があった。自分の住む鄙びたちっぽけな町を山陰ではなくてサンシャインだと価値づけ、プライドをもって生きた日があった。それらもみな国道315号の風景に覚える懐かしさと同じ、懐かしい過去となってしまっている。

空家バンクに登録した菊崎の家屋と残りわずかな山林や田畑を引き受けてくれる住人が決まる日もそう遠くはないだろう。そうなればもうこの道を北へ北へと向かうこともなくなる。

＊＊＊

　まもなく、生家の新しい住人が決まりました。お役所を退職したばかりの旦那様と、農業大学校で農業のイロハをしっかり学んできたという奥様のお二人でした。共に元気がよいので、山林田畑を託すには十分すぎるほどの方々でした。

　契約を終え、生家を去る最後の日、ヨシオが菊崎の果樹や山菜を近くの道の駅で売っていたことを知りました。教えてくれる人があったのです。あのシズコは転がるように駆けてきて、

「いつでも遊びにおいでよ。たびたび帰っておいでよ。ここはあんたの生まれた家なんだからねえ」

　涙を流しながら声をあげてそう言うと、手作りの手甲や巾着袋を渡してくれました。

　あの睨みをきかせていた少女の、これが六十七歳の頃の話です。その頃には括弧付

きの《私》はすっかり消えて、スウちゃんと一緒に静かで穏やかな《時空》の中にいました。

生家を譲ったあとは毎日ご先祖様方、特に大きな母屋を建て山林田畑を守り抜いてくれた曾祖父・幸槌《こうづち》さんに、菊崎の大切な家も田畑も山も売ってしまって、ごめんね、ごめんね、とお詫びを言い続けました。それから三十年、理沙とその弟の成長に目を細めながらこうやって過ごしてきました。

そうね、三十年も経てば一度ぐらいは生家を見たくなるものです。新しい住人とは音信が途絶えておりまして、それも心配でしたからね。だけど自力で向かうのが難しい体でしょう。アンドロイドですから。え、夫に連れて行ってもらえば、ですって？夫？　さあ……、夫はどこにいるのでしょう。わかりません。子どもたち？　本当にどうしているのでしょう。さんざん世話をかけておいて、今はまるで顔も見せてはくれません。私とスウちゃんだけがこの家の中にいます。食事？　ほほほ、アンドロイドだからそれについては心配いりません。医師《せんせい》に任せておけばよいのですから。

あまりに生家を見たいという気持ちが募ったものですから、私はその「郷愁」とでも呼ぶ強い気持ちに身を託して、そうそう、昔、葉桐っていうきれいな横顔のきれいな目をした同志が語っていたとおりの強い思いに乗っかって、ついに向かったのですよ。北へ、北へ、たくさんの山を越えて、私のサンシャイン市へとね。

五月半ばの気持ちよく晴れた日でした。

出かける前には庭の黒御影のモニュメントと六つの石に声をかけました。

「ご先祖様、今日もご安寧ですか？　私もこうやって元気に過ごしています。今日はこれから菊崎の家に行って家屋と山林田畑の様子を見てこようと思います。無事に着きますようにお見守りくださいませ」

モニュメントとは、小さな小さなお墓に代わる石です。黒地に白で菊崎の家紋を入れてもらったものです。文字はありません。家紋だけです。六つの石ですか？　縞模様の石は妹が菊崎の山で拾ってきたもの、水晶は母が、やはり山径で拾ってきたもの、ごく普通の石は菊崎の庭に長年転がっていたもの、あとの三つはお墓じまいをした時、お墓を移動させたあとの解体現場で破壊した石畳の欠片をそっと拾ってきたものなんですよ。どうしてもそばに置いておきたかった石たちなのです。

生家の前に着いた時は、胸が締め付けられ、不思議な感覚に包まれました。家屋も山林も田畑も、長年想い描いていた像《かたち》のまま安寧でした。私は抱えてきた幸槌さんの思いが納められている木箱を開いて、目の前に広がる光景を見せました。

「帰ってきたよ、私の家、私の山林、私の田圃、畑、元気でいてくれてありがとう」

思わずそう叫んでいました。胸が張り裂けるぐらい嬉しかったんですよ。それから家に続くコンクリート橋を渡り、家屋を見上げました。いつか母がやっていたのと同じ姿勢を取っていました。口をあんぐり開けて笑っていました。小高い場所に立つ家の屋根の内側が見えました。紅殻色の木の規則的な並びに心の底から懐かしさを覚えました。ああ、ここは私の生家だ、私の守るべき家だ、そう叫びました。家の中に人の気配はまるで感じません。それで、そのまま川沿いの畦道を上手へと歩き、梅林をめざしました。紅梅白梅の咲く、もと菊崎家の墓地のあった場所です。ちょうど梅の実がたくさんつく時期です。

林の全景が見える地点に達した時、驚きました。人が一人いたからです。何もない空間に向かって座り、まるでお墓を拝んでいるかのような姿勢を取っていました。肩を超える癖のある髪、ベージュの半コート。

「あの、どちら様ですか？」

臆することなく声をかけました。その人は驚く素振りもなく静かにこちらを見ました。化粧気のない眼鏡をかけた女性の顔でした。

「え、邦《くに》ちゃん？」

私は心の底から驚きましたよ。それは妹の邦子だったからです。なんということでしょう。邦子が帰ってきた。邦子も帰ってきたんだ。説明しようのない嬉しさで私の心は躍りました。

「邦ちゃんよね？」

私はもう一度尋ねました。相手は私の声に反応したのでしょう。口を開きました。

「姉ちゃん？」

「そうよ。秋香だよ。やっぱり邦ちゃんだ」

邦子は、私の体型がずいぶん変わっているので声を聞くまで誰だかわからなかったと笑っていました。私は、アンドロイドになってしまったからわからなかったのだと理解しました。

「姉ちゃん、ここにあったお墓はどうしたん？」

ああ、邦子はお家じまいやお墓じまいのことを知らないまま、遠くの東京の山に散骨されたのだったと、三十数年も前のことを、私は思い出していました。邦子には位牌もお墓も何もありません。

「邦ちゃん、菊崎のお墓に一緒に住もうと思ったん？」

「……うん、まあ」

「姉ちゃんのせいでお墓は終《しま》ったよ。悪かったね」

邦子は俯きながら言葉を繋ぎました。

「ここに来た時、何もないからだいたいの祭しは付いたけどね。母ちゃんや父ちゃんはどこにおるん？」

「ご先祖様方とみんなで一緒に京都へ引っ越してもらったんよ」

「京都？」

「うん、京都。菊崎の家は、昔々は京都にあったと聞いている。だから京都のお寺に引っ越してもらった。帰郷、というか京都に帰るから帰京、だね」

「京都かあ」

「うん、京都」

「遠いね……でもないか。行こうかな」

「行くの？」

「母ちゃんに会いたいしね」

「邦子、母ちゃん子だったからね」

「姉ちゃんも一緒に行く？」

急に何を言い出すかと思いましたよ。

「私は、まだあちらには行けないよ」

「姉ちゃんのお骨はどこに葬ってもらったん？」

お骨？　葬る？　その言葉に私の脳の奥でゆっくりと反応する箇所がありましてね。

それから徐々に記憶が舞い戻ってきたのですよ。アンドロイドだって死ぬことがあるのだ、と知った日のこと。親族ではない誰かに火葬をしてもらったこと。だけどお骨がどこに置かれているのか、それは思い出せません。邦子が樹木葬を希望したように、私は海洋葬を希望していましたが、叶っていないようでした。結局、大も子どもたちもみな、私の存在には気が回っていなかったのでしょう。

「邦ちゃん、行こうか。私も京都へ行くよ。父さん母さんに会ってみたいなあ。今だから話せることもあるしね。そうだ、スウも一緒に連れて行こう」

「スウって、姉ちゃんが呼吸不全を起こした時、身代わりに死んでくれた猫のこと？」

「……うん」

それからね、私はあの幸槌さんの木箱とセピア色の小さな写真を菊崎のお墓のあった場所に埋めて、邦子と一緒に、途中からはスウも一緒に、ぽわあん　ぽわあん　と宙を跳び、ぷううん　ぷううん　と空を飛び、京都へ向かいました。

ゆーまーまー　しゃんしゃん

まーおんにー　しゃんしゃん

なんて大きな声で歌いながらね。私はもう完全に自由ですからね。

そしてね、たくさん並んだ山の上の、ずっとずっと上の空から生家の方角に向かって、「さよなら　サンシャイン」って、大きな大きな声で叫んだのですよ。

これで私の生涯は終わってしまったのだと思いました。とてもちっぽけな情けない一生だったと思いました。

だけどね、私は新しいお誕生日を迎えたのですよ。六十八歳です。不思議でしょう。

初秋のその日、アンドロイドたちのお世話をしている医師から告げられて気がついたのです。確かにあれからも私は通院だけは続けていました。人間の命令に服従しなければならないアンドロイドとしての当然の行為だと思っていたからでした。

数日後、体が脱皮するような感覚を覚えました。長い間体をくるんでいた堅く重い鎧のようなものが、少しずつ剥がれ落ちていくのがわかりました。その日、ちょうど近くの郵便局へ行く用事がありましてね。時間はたっぷりあるものですから、いつもとは違うコースを歩いてみました。山の上の団地からなので坂道が多くたいへんなはずなのですが、体はいつになく軽く、気持ちよく歩くことができました。それだけではありません。見慣れているはずの景色が、初めて訪れた土地であるかのように思われてワクワクしてしまいました。眼下に見えるコスモス畑から、風がひと塊、ふわあと吹いてきて顔に当たると、そこには仄かな九月の匂いがありました。いつもの道を離れ、いつもとはちょっと違う角度の景色を眺めただけで新しい時空に立つことができる、そのことに驚きました。

あの白い馬のおかげでしょうか。あの馬が届けてくれた輝く光が、今、私の中で力を発揮してくれているのでしょうか。

……私はアンドロイドではありませんでした。風が運んできた匂いを感じることのできる人間でした。そのことに早く気づけと父は言っているのでしょう。父は自分の命日に、「誕生日」という私への誕生日プレゼントを持って、「いつまでも落ち込んでいては、つまらんぞ！」と叱りに来てくれたのだと思いました。

そうそう、いつだったか母は、誰かが死ぬ夢を見たら、その誰かは長生きをするらしいよ、と言っていました。あの九十七歳の私が生家を訪れたのは夢だったのかどうか、それはよくわかりません。夢だったとして、夢の中で私は死んでいました。それは私が長生きをする暗示だと考えてよいのでしょうか。ずっと一緒に私の《時空》を辿ってくださったあなたは、どのように思われますでしょうか。

ほほ、ほほほ。笑ってしまうような、こじつけがましいそんなことを考えながら、私は弾むように歩いていました。それまでとは違うコースを歩いたことで私の見方や考え方が変わってくれているのが嬉しくて、楽しくて。私の人生はまだまだ続きそうです。今の私でも、新たな時空を築くのは難しいことではないと思いました。日々、新たなコースを開拓して歩けばよいだけなのですから。

もう振り返るのはよしましょう。ルッタタ　ルッタタ　ルッタッタ　ルタッタ……、ぎこちなくスキップしながら、私は心の中でそっと叫んでいましたよ。

さよならサンシャイン。そして、ありがとうサンシャイン。

私はまだまだ頑張れる。私は新たな気持ちで生きていく。

了

著者プロフィール

真直 圭（ますぐ けい）

山口県出身
大学で民俗学・日本古典文学を学ぶ
大学院修了（国語教育専修）
小・中・高校教員として奉職
著書：エッセイ集『国道315号』（日本文学館・2009年）※池田圭伊子名義
　　　小説『午前零時の宇宙空港』（文芸社・2011年）

さよならサンシャイン

2024年2月15日　初版第1刷発行

著　者　真直 圭
発行者　瓜谷 綱延
発行所　株式会社文芸社
　　　　〒160-0022　東京都新宿区新宿1－10－1
　　　　　　　　　　電話　03-5369-3060（代表）
　　　　　　　　　　　　　03-5369-2299（販売）

印刷所　神谷印刷株式会社

ISBN978-4-286-24893-6　JASRAC 出 2308820－301